시드니 어쨌든 해피 엔딩
개정판

시드니 어쨌든 해피 엔딩 개정판

초판 발행일   2020년 6월 19일
개정판 발행일 2020년 11월 3일

지은이   윤석진
펴낸이   손형국
펴낸곳   (주)북랩
편집인   선일영   편집   정두철, 최승헌, 윤성아, 이예지, 최예원
디자인   이현수, 한수희, 김민하, 김윤주, 허지혜   제작   박기성, 황동현, 구성우, 권태련
마케팅   김회란, 박진관, 장은별
출판등록 2004. 12. 1(제2012-000051호)
주소   서울특별시 금천구 가산디지털 1로 168, 우림라이온스밸리 B동 B113~114호, C동 B101호
홈페이지 www.book.co.kr
전화번호 (02)2026-5777   팩스   (02)2026-5747

ISBN   979-11-6539-464-6 03810 (종이책)   979-11-6539-465-3 05810 (전자책)

이 도서의 국립중앙도서관 출판예정도서목록(CIP)은 서지정보유통지원시스템 홈페이지(http://seoji.nl.go.kr)와
국가자료공동목록시스템(http://www.nl.go.kr/kolisnet)에서 이용하실 수 있습니다.

호주 워킹 홀리데이에서 만난 진짜 행복

Sydney

시드니
어쨌든
해피 엔딩

개 정 판

윤석진 지음

스물여덟, 모두가 늦었다 말했지만
시드니의 바다와 낭만을 찾아 떠나다!

북랩 book Lab

C O N T E N T S

INTRO

인트로

톡, 톡.

귓가를 건드리는 빗소리에 잠에서 깼다. 커튼을 열어젖히고 힘껏 기지개를 켜며 창밖을 바라보았다. 무수히 많은 생각이 스쳐 지나간다. 불과 몇 달 전까지만 해도 매일매일 책상 앞에 앉아 책들로 둘러싸여 있던 나는 지금 인천 공항으로 향하는 버스 안에 있다. 그리고 쿠알라룸푸르, 자카르타와 발리를 거쳐 시드니로 향한다.

꽤 드라마틱한 변화다.

스물여덟, 떠나겠다는 나의 말에 나를 둘러싼 대부분은 이미 늦었다고 말했다. 그리고 첫 번째, 긴 시간 동안 사랑하는 사람들을 떠나 있어야 한다는 사실. 두 번째는 아들로서, 친구로서, 그리고 한국에 사는 한 젊은이로서 해야 할 어떤 일련의 모든 단계를 뒤로하고 떠나는 나의 삶에 대한 불안함은 어쩌면 내가 떠나지 말아야 하는 이유가 되기에 충분했다. 하지만 나는 결국 나의 길을 가야겠다고 결심했다. 그러지 않으면 스물여덟, 지금 나의 선택은 오랜 시간 동안 후회와 미련으로 남게 될 것이 분명했다. 어떤 미래가 기다리고 있을지는 모르지만 단순히 그것이 나의 삶의 일부가 되어야만 했다.

이른 아침, 대전 정부 청사 앞 버스 정류장.

공항으로 떠나는 버스에 오르는 동시에 엄마와 누나의 눈에서는 눈물이 흘렀다. 뜨겁게 차오르는 눈물을 참고 최대한 밝은 미소를 지으며 엄마와 누나가 시야에서 사라질 때까지 손을 흔들었다. 입대하던 날, 논산 훈련소로 향하는 차 안에서 모두가 이별의 슬픔을 숨기고 있는데 먼저 펑펑 울어 버리는 바람에 모두를 울게 했던 그때의 나보다 지금의 나는 어른이 되었나 보다. 오랫동안 꿈꿔 왔던 일이 실현되는 첫걸음인데 왜 나의 발걸음은 가볍지 않은 것인지 모르겠다.

인천으로 향하는 길, 잡다한 생각을 멈추기 위해 가방 안에 들어 있던 세 권의 책 중『월든』을 꺼냈다. 수많은 책이 그러하듯 첫 시작의 지루함을 참고 어느 정도 읽다 보면 자연스레 빠져들기 마련인데,『월든』은 단 한 번도 쉽게 읽히지 않았다. 그럼에도 불구하고 비행기 안에서 읽기 위해 가방에 넣은 세 권의 책 중 이 책을 선택한 이유는 책 표지 뒷면에 쓰여 있던 글 때문이었다.

> 어떤 사람이 자기의 또래들과 보조를 맞추지 않는 이유는 아마 그가 그들과는 다른 북소리를 듣고 있기 때문일 것이다. 그 사람이 자신이 듣는 음악에 맞추어 걸어가도록 내버려 두어라.

나의 꿈은 닿으려 하면 언제든 닿을 수 있는 곳에 있었다. 그럼에도 불구하고 선뜻 손을 뻗지 못했던 이유는 결국 내 안에 있었다. 나는 사람들과 다른 북소리를 듣고 있음이 분명하다. 나에게 들려오는 나만의 북소리에 맞추어 때로는 천천히, 때로는 힘차게, 그렇게 나아가리라.

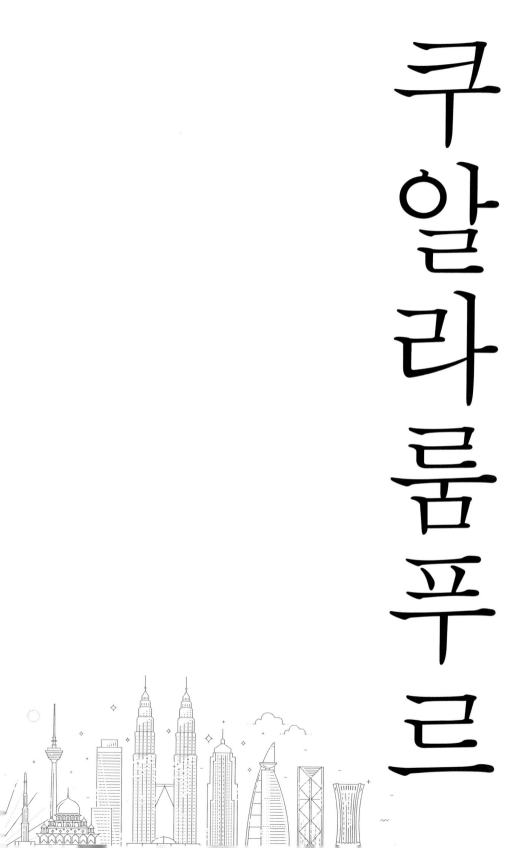

쿠알라룸푸르

밤 열 시가 다 되어서야 쿠알라룸푸르 공항에
도착했다. 첫 숨을 통해 습하고 뜨거운 공기가 온몸으로 전해졌
다. 일주일 뒤, 쿠알라룸푸르 공항을 경유해 발리로 오게 될 누나
를 위해 도착한 순간부터 밖으로 나올 때까지 보이는 모든 표지판
을 휴대 전화 카메라로 찍으며 출구로 향했다.

　밤 열한 시가 다 되어 가는 시간, 지갑에서 5만 원짜리 한 장을
꺼내 링깃으로 환전한 후 버스를 타기 위해 아래층으로 내려갔다.
마치 한국에서부터 나를 따라온 듯 이곳에도 비가 추적추적 내렸
다. 버스에 올라타 지정된 번호를 찾아 자리에 앉았다.

　한 시간쯤 지났을까?

　습기를 잔뜩 머금은 커튼을 열어젖혔다. 어둠이 걷히고 점점 가
까워지는 빌딩 숲이 보였다. 버스에서 내려 운전사의 안내에 따라
대기하고 있던 작은 밴으로 옮겨 탔다. 그 밴은 사람들을 각각 그
들이 원하는 목적지 앞으로 데려다주었다. 호텔에 도착한 후 리셉
션 데스크에 있는 직원에게 남아 있는 방 중 가장 높은 층에 있는
방을 달라고 말했다.

　떠나는 그 순간부터 가슴 벅찬, 어느 여행기 속 주인공처럼 온전
히 행복할 거라고 생각했는데 그게 생각처럼 쉽지가 않다. 나이를
먹은 건지 사람들과의 이별은 나에게 꽤 마음 쓰린 일이 되었나 보

다. 방에 도착해 짐 가방을 내려놓자마자 루프톱으로 향했다. 하이네켄 한 병을 손에 들고 천장이 시원하게 뚫린, 비 내리는 수영장을 바라보았다. 사랑하는 사람들의 얼굴이 하나둘씩 떠오름과 동시에 가슴 깊은 곳에 있는 '무언가' 내 마음을 콕콕 찔렀다.

비 내리는 쿠알라룸푸르의 밤.

바에 있던 몇몇 사람은 흘러나오는 음악과 분위기 좋은 조명과 함께 저마다 아름다운 이 밤을 즐기고 있었다. 하지만 이 모든 것이 나에게는 그저 의미 없는 배경처럼 느껴졌다. 나는 맥주 한 병을 손에 든 채 오로지 완벽하게 혼자가 되어 머릿속에 차오르는 수많은 생각을 정리했다. 내 곁엔 항상 나를 사랑하는 사람들이 있다는 사실에 감사하자.

꽤 낭만적인 밤이다.

자카르타

비행기가 연착되어 원래 도착 예정 시간이었던 네 시를 훌쩍 넘겼다.

지난날의 기억들과 함께, 한국을 떠난 지 거의 스물네 시간이 지난 후에서야 여행을 떠나왔다는 설렘이 찾아왔다. 등 뒤엔 노트북을 넣은 백팩, 한쪽 어깨엔 보스턴백을 메고, 커다란 이민 가방 두 개로 꽉 찬 카트를 끌며 밖으로 나왔다. 주위를 둘러보니 저 멀리 기다림에 지친 듯한 와르노가 보였다. 그는 수많은 사람 사이에 서서 'Welcome Jay'라고 대충 쓰인 하얀 스케치북을 들고 있었다.

마셀의 글씨임이 분명했다. 그를 향해 걸었다. 몇 번이나 눈을 마주쳤지만 그는 내 얼굴을 기억하지 못하는 듯 자꾸 다른 곳을 보았다. 사실 그때와 비교하면 머리도 많이 길었고 살이 찐 내 모습을 알아보지 못하는 것은 어찌 보면 당연했다. 하지만 나는 단번에 그가 와르노라는 사실을 알 수 있었다.

3년 전 마닐라에 살고 있을 때, 짧은 연휴가 시작되면서 상협이, 승재와 함께 자카르타에 온 적이 있었다. 마셀의 집 운전기사였던 와르노는 모나스, 안촐, 따만 등 우리가 여행하는 곳이면 언제 어디서든 함께했으며, 그는 존재만으로도 우리에게 어떤 든든함을 주었다. 마셀은 여행이 끝나고 마닐라로 돌아와 우리의 모습이 담긴 짧은 영상을 만들어 유튜브에 올려놓았다. 나는 한국으로 돌아간 이후에도 그때의 추억이 생각나거나 무작정 여행을 떠나고 싶은 생각이 들 때면 그 영상을 수도 없이 돌려 보곤 했다. 그 영상 속에 항상 등장하는 와르노의 모습은 나에겐 여전히 너무나도 익숙했다.

"와르노!"

내가 큰 목소리로 반갑게 인사를 하자 그제야 그는 활짝 웃으며 나에게 다가왔다. 그의 웃음에서 기다림이 끝났다는 해방감과 동시에 반가움이 느껴졌다. 와르노의 머리 모양과 옷차림은 몇 년 전에 만났을 때와 하나도 변함이 없었다. 차에 올라타 그의 옆자리에 앉아 배낭에서 한국 담배와 그의 아내를 위한 화장품을 꺼내 건네주었다. 와르노는 호기심 넘치는 표정으로 담뱃갑을 유심히 살펴보더니 엄지손가락을 치켜세우며 웃음으로 답했다. 창밖을 통해 보이는 자카르타의 모습은 와르노의 모습과 마찬가지로 크게 달라지지 않은 듯했다. 정체가 시작되자마자 심각한 매연 냄새가 코를 찔렀다. 재빨리 창문을 올렸지만 왠지 모르게 코끝을 맴도는 지독한 매연 냄새가 반갑게 느껴졌다. 꽉 막힌 도로, 차들 사이사이로 줄지어 분주하고 아슬아슬하게 지나가는 오토바이들을 구경하다 보니 어느새 마셀 집으로 들어가는 입구 앞에 섰다. 커다란 총을 멘 가드들이 다가와 창문을 똑똑 두드렸다. 그들은 와르노의 얼굴을 한 번 확인하고 차안을 슥 한 번 둘러본 후 게이트 문을 열어 주었다. 마닐라에 살 때는 총을 메고 입구를 지키고 있는 가드들의 존재가 너무나도 당연해 보였는데 오랜만에 다시 돌아와 보니 그 모습이 낯설기만 했다.

마셀

“제이! 그동안 잘 지냈니?”

마셀의 어머니께서는 나를 반갑게 맞아 주셨다. 자카르타에 있는 국제 학교에서 영어를 가르치고 계시는 마셀의 어머니는 가장 듣기 좋은 영어로 그동안 잘 지냈는지, 이곳까지 오는 것이 힘들지는 않았는지, 쿠알라룸프르는 어땠는지, 한국은 지금 날씨가 어떤지 등 여러 가지 질문을 하셨다. 마셀의 아버지는 인도네시아 다른 지역으로 출장 중이시고, 마셀의 여동생 마리엘라는 아직 마닐라에 남아 공부하는 중이며, 마셀의 남동생 장난꾸러기 마리오는 밖에 나가 친구들과 놀고 있는 중이라고 했다. 와르노와 함께 2층에 있는 마셀의 방에 짐을 내려놓았다. 예전의 기억이 새록새록 떠올랐다.

캐리어에서 마셀의 어머니와 잠시 방문 중이신 친척분들을 위한 마스크 팩, 마셀과 마셀 아버지가 좋아하는 소고기 고추장, 그리고 마셀과 동생들에게 줄 ‘피카츄’ 몸에 ‘심슨’ 얼굴이 그려진 캡 모자를 꺼냈다. 일이 끝날 시간이 거의 다 되어 가는 마셀을 만나기 위해 휴대 전화를 꺼내 ‘고젝(gojeck)’ 애플리케이션을 내려받은 후 호출 버튼을 눌렀다. 얼마 지나지 않아 오토바이 한 대가 집 앞에 도착했다. 어머니께서는 함께 1층으로 내려와 오토바이 기사에게 미리 요금을 건네시고는 인도네시아어로 무슨 말씀을 하셨다. 아마 운전을 잘 부탁한다는 당부의 말인 듯했다.

"제이! 조심히 잘 다녀와. 마셀 만나면 꼭 전화하고."

헬멧을 쓴 채 어머니와 하이파이브를 하고 오토바이 뒷자리에 올랐다.

"I will be back!"

어머니는 나의 농담을 듣고 크게 웃으셨다.

우리는 수많은 오토바이 떼 중 하나가 되어 꽉 막힌 도로 위, 차들 사이사이를 줄지어 달렸다. 아까와는 반대로 오토바이 위에 앉아 차들 사이를 비집고 아슬아슬 통과하면서 오랜만에 오토바이 위에서만 느낄 수 있는 자유로운 기분을 실컷 만끽했다.

얼마 후.

감상에 젖은 것도 잠시, 너무나도 뜨거운 자카르타의 여름밤은 금세 나를 현실로 데려왔다. 헬멧 안쪽으로는 땀이 비 오듯 쏟아졌다. 더위를 피하기 위해 헬멧 앞 유리를 열자, 도로에 가득 찬 매연 냄새가 어김없이 코를 찔렀다. 그렇게 열었다 닫기를 여러 번, 결국 지독한 매연을 마시더라도 시원한 바람을 택했다.

"Yo!"

케망 길거리에 쭈그려 앉아 고젝 기사와 함께 온갖 보디랭귀지로 대화를 나누고 있는 사이 어디선가 마셀의 목소리가 들려왔다. 그는 길 건너편에서 새하얀 이를 드러내며 내가 있는 쪽을 향해 걸어왔다. 오랜만에 마셀을 다시 만난 기쁨과 더불어 180도 달라져 버린 그의 모습에 웃음이 터졌다. 짧은 곱슬머리였던 마셀은 웬

시드니 어쨌든 해피 엔딩

만한 여자보다도 더 긴 머리를 가지고 있었고, 살집도 꽤 붙어 있었다. 변함없는 케망 거리, 달라진 것은 나와 마셀뿐이다. 우리는 가까운 펍으로 향했다. 아름다운 이 밤에 맥주가 빠질 수 없다.

생각보다 한산했던 거리의 모습과는 다르게 펍 안은 사람들로 붐볐다. 뜨거운 여름밤과 시원한 맥주 한 잔, 언제나 최고의 조합이다.

"제이, 나랑 매일 밤 캠퍼스를 뛰었던 거 기억나? 그게 내 마지막 다이어트였어."

나와 마셀은 거의 매일 밤 룸 no.20에 있던 아령 두 개, 턱걸이 바를 이용해 운동을 하거나 캠퍼스를 걸었다.

"마셀, 우리 바기오 갔을 때 진짜 좋았다."

밤 열두 시, 마닐라 버스 터미널에서 출발해 여섯 시간이 넘게 걸려 도착한 바기오는 필리핀의 여느 도시들과 사뭇 다른 평화로운 느낌을 풍겼다.

"졸리비 먹고 싶지 않아? 나는 가끔 졸리비가 엄청 먹고 싶어."

태풍 하이옌이 마닐라를 덮쳤을 때, 기숙사에 꼼짝없이 갇혀 거의 일주일 동안 매일같이 먹었던 졸리비의 스파게티와 치킨은 여전히 그립다.

"제이! 너 브라이언이랑 띠목 클럽에서 필리피노들이랑 싸움 났던 거 기억나?"

브라이언은 내가 오기 전에 이 곳에 살았던 마셀의 전 룸메이트다. 마셀은 내가 없을 때 일어났던 일들 속에도 내가 존재했다고 착각을 했다.

마셀은 나에게 UP에 2년 동안 살지 않았냐고 묻는다. 그러나 나는 고작 7개월 동안 마닐라에 머물렀을 뿐이다. 우리가 함께했던 시간은 나만큼이나 그들에게도 특별했나 보다.

뜨거운 여름밤, 함께 마닐라를 추억하며 우린 지금 자카르타에 있다.

시드니 어쨌든 해피 엔딩

마

닐

라

"엄마 나 마닐라 가."

교환 학생 지원을 위한 최종 면접 면접이 끝나자마자 엄마에게 전화를 걸었다.

교환 학생에 지원했다는 사실조차 모르고 있던 엄마는 갑자기 아들이 마닐라로 떠난다는 소식에 깜짝 놀랐고, 아직 결과가 나오지 않았다는 나의 말에 더 깜짝 놀랐다. 어떤 이유에서인지는 모르겠지만 나는 결과가 나오기도 전부터 왠지 그곳에 가게 될 거라는 확신이 들었고, 매일 밤 침대 위에 누워 마치 그것이 현실이 된 듯 마닐라에 있는 내 모습을 상상하며 잠이 들었다. 그로부터 얼마 뒤, 내가 마음속에 그린 그림은 현실이 되었다. 결과가 나오자마자 나는 정말 바쁜 한 달을 보냈다. 기말고사를 보기 전에 마닐라로 떠나야 했기 때문에 수업마다 시험 성적을 대체하기 위한 과제들이 넘쳐났고, 교수님 연구실에 홀로 앉아 미리 기말고사를 치러야 하기도 했다.

그렇게 학기가 한창이던 5월, 나는 마닐라로 떠났다.

그곳에 도착한 순간부터 내가 갔던 장소, 나와 함께했던 사람들, 그곳의 향기, 그때의 감정이 내 머릿속 그리고 내 마음속에 그대로 남아 있다. 3년이 지난 지금까지도 눈을 감으면 모든 것이 마치 어제의 일처럼 선명하다.

'필리핀의 서울대학교'라 불리는 필리핀대학교(University of the Philippines)의 시설은 그 명성과는 다르게 굉장히 열악했다. 한마디로 표현하면 야생과 문명이 공존하는 IC(International Center)에는 성한 방충망이 한 개도 없었다. 방충망은 찢어지거나 구멍이 뚫려 있었고, 화장실에는 변기 커버가 없는가 하면 천장 중간중간이 무너져 내려 건물의 구조물이 보이는 곳도 있었다. 이렇게 열악한 상황 탓에 학교 측에선 IC를 이전한다는 계획을 가지고 캠퍼스 내 쇼핑센터 앞에 건물을 하나 올리고 있었지만, 그 건물은 어차피 10개월이 지나고 난 후에야 완공될 것이므로 우리와는 관계가 없었다. 우리보다 3일 먼저 이곳에 도착한 승재는 로비에 앉아 손수건으로 땀을 닦으며 여기는 도저히 사람이 살만한 곳이 아니라고 말하며 고개를 절레절레 저었다. 심지어 몇몇 여학생은 방을 확인하고 나오자마자 펑펑 눈물을 쏟아 내기도 했다. 하지만 마치 무슨 마법에라도 걸린 듯 호기심과 설렘으로 가득 차 있던 나에겐 벗겨진 페인트, 커버 없는 변기, 뚫린 방충망 등은 아무런 문제가 되지 않았다.

다음 날 아침, 점점 가까이 다가오는 캐리어 바퀴 소리에 잠에서 깼다. 눈을 떠 보니 까무잡잡한 피부에 콧수염을 기른 남자가 이 뜨거운 여름날, 긴 청바지에 긴 카키색 티셔츠를 입은 것도 모자라 머리에는 비니까지 쓰고 방 안으로 들어왔다. 이곳의 날씨와는 전혀 어울리지 않는 차림이었다.

"Welcome to IC. I'm Jin."

그가 바로 나와 마닐라 생활을 함께할 룸메이트였다. 룸메이트가 있다는 사실은 짐작하고 있었지만 다음 날 아침에 이렇게 갑자기 나타날 거라고는 예상하지 못했다.

그의 인사에 나는 부스스한 머리를 쓸어 넘기며 침대 위에 앉았다.

"I'm Jay."

나는 내 이름 석진의 뒷글자를 따 영어 이름을 'Jin'이라고 정했는데, 그가 '진'이라고 하는 순간 나도 모르게 'Jin'의 앞 글자를 따 내 이름을 'J'라고 소개했다. 이러한 이유로 나의 영어 이름은 그날부터 'J'가 되었다.

그의 생김새는 그가 어느 나라에서 왔는지 궁금증을 자아냈다. 이목구비를 보면 한국 사람처럼 생기긴 했으나 또 그렇다고 하기에는 너무 까맣다. 악센트로 보아 중국 사람이나 일본 사람도 아닌 것 같았다.

"어디에서 왔어?"

"부탄."

다큐멘터리였는지 뉴스 기사였는지는 정확히 기억이 나지 않는다. 하지만 어디선가 '세계에서 행복 지수가 가장 높은 나라 부탄'이라는 문구를 본 기억이 있다. 그는 방학을 맞아 한 달 동안 부탄에서 지내다가 지금 막 다시 마닐라에 돌아왔다고 했다. 부탄이 어떤 곳인지에 대해 묻자, 그는 주머니에서 휴대 전화를 꺼내 사진 몇 장을 보여 주었다. 사진을 보니 그의 옷차림이 이해가 갔다. 그가 살고 있는 부탄의 수도 팀푸는 말 그대로 산꼭대기에 자리하고 있었다.

"담배 피워?"라는 그의 물음에 우리는 함께 테라스로 나갔다. 방금 잠에서 깬 탓인지 뜨거운 햇살에 제대로 눈을 뜰 수가 없었다. 그는 백팩에서 담배 한 보루를 꺼냈다. 방콕 공항 면세점에서 사 왔다는 그 담뱃갑 위에는 1초라도 마주치기 싫은 징그러운 그림이 붙어 있었다. 그는 그중 한 갑을 나에게 건네주었다. 나는 최대한 그림을 보지 않으려 엄지손가락으로 그림을 가린 채 곧바로 주머니에 집어넣었다. 만약 한국 담배에도 그렇게 징그러운 그림이 그려져 있어 담배를 꺼낼 때마다 그 그림을 봐야 한다면 나는 담배를 끊어야겠다고 생각했다.

이런저런 대화를 하던 중, 그는 "왓츠 유얼 네임?", "하와유?" 등 한국인이라면 누구나 머릿속에 들어 있는 문장들을 제외하고는 단어의 조합으로 겨우겨우 생각을 표현해 내는 나의 모습이 신기하다는 듯 바라보았다.

"나 마닐라에서 지금 7년째 살고 있고 이 기숙사에만 5년 넘게 살았거든. 근데 너는 조금 다른 것 같아. 대개 방금 여기에 막 도착한 사람들은 영어로 말하기를 부끄러워하는데, 너는 그렇지 않은 것 같거든."

이날 이후로 우리는 수업 시간을 제외하고는 운동을 할 때도, 밥을 먹을 때도, 장을 보러 갈 때도, 어디든 항상 함께 다녔다. 그의 친구들은 항상 우리가 살고 있는 룸 No. 19, 20에 모여들었고, 나도 자연스럽게 그들 중 하나가 되었다. 진, 마셀, 상협이, 아드난,

우즈만, 히토카, 디제이, 라자 그리고 인우와 준용이, 우리는 항상 금요일 밤이면 어김없이 모두 함께 파티에 갔고, 해가 뜨기 시작할 때가 되어서야 집에 돌아왔다. 나는 그들이 하는 말의 거의 반 이상을 이해하지 못했음에도 불구하고 대화를 통한 어떤 일련의 소통 과정은 완벽하게 무시한 채 그들과 친구가 되었다. 그렇게 반년의 시간 동안 완벽하게 낯선 장소에서만 느낄 수 있는 즐거움을 마음껏 누렸다. 마치 갓 태어난 아기처럼 모든 것을 바라보는 나의 눈이 그랬다. 시간이 지나면서 자연스레 영어로 표현할 수 있는 말도 점차 늘어나게 되었고, 우리는 더 많은 대화를 할 수 있게 되었다. 세계 곳곳에서 온 사람들의 생각을 듣고 나의 생각을 표현하는 일은 우리의 삶이 틀린 것이 아니라 다른 것이라는 사실을 알게 해 주었다. 꿈 많고 어렸던 우리는 밤이 되면 의자 사이사이에 모기향을 피워 놓고 룸 no. 19, 20 테라스에 앉아 각자 앞으로 삶의 계획에 대해 이야기했다. 미술을 전공하고 있던 마셀은 졸업 후 일본에 가서 공부하기를 꿈꿨고, 건축학을 전공하고 있던 진은 부탄으로 돌아가 건축 일을

할 계획이라고 했다. 나는 대학을 졸업하면 일단 호주에 가고 싶다고 말했다.

선풍기 하나와 산 미구엘만 있으면 우리의 밤은 언제나 즐거웠다.

시드니 어쨌든 해피 엔딩

그 후로 3년이 흐른 지금, 진은 부탄으로 돌아가 일을 하고 있고, 마셀은 도쿄에 있는 대학원 과정에 합격해 일본으로 떠날 준비를 하고 있다. 그리고 나는 결국 시드니로 향하는 이 길 위에 서 있다.

행복한 추억을 함께한 사람들과의 만남은 언제나 즐겁다. 시간 가는 줄 모르고 지난날의 우리를 추억하며 이렇게 밤을 지새울 수 있으니.

집으로 돌아가는 길, 편의점에 들러 맥주 열두 캔을 더 샀다. 마셀 집 2층 테라스에 앉아 해가 뜨기 직전 무슬림들에게 기도 시간을 알리는 종소리가 타운에 울려 퍼질 때까지 그곳에 머물렀다.

"제이, 내 생각에는 신이 따로 없는 것 같아. 어쩌면 지금 우리가 살고 있는 이 세상에서는 우리가 신이야. 우리는 우리가 꿈꿨던 길을 가고 있잖아. 도쿄에 가고 싶으면 도쿄에 가고, 시드니에 가고 싶으면 시드니에 가면 돼. 그거면 된 거야."

마셀이 말했다.

어쩌면 그의 말이 맞다. 지금 이 세상에 있다는 사실만으로도 우리는 행복해도 좋다. 우리에겐 자유가 있으니. 그리고 그것을 누릴 수 있느냐 없느냐는 전적으로 우리 자신에게 달려 있다.

"이미 늦었다."라는 그 말은 나에게 두려움을 주었고, 내가 이미 속해 있는 궤도 안에서 벗어난다는 것은 쉽지 않은 일이었다. 하지만 내가 정말로 두려워했던 것은 앞으로 나에게 닥칠 문제들이 아니라 단지 사람들의 '시선'뿐이었을지도 모른다는 생각이 들었다.

떠나기를 결정하면서 내 어깨를 무겁게 짓누르고 있던 무거운 고민은, 그 문턱을 넘어 한 발짝 내디딘 후로는 점점 멀어져 갔다.

매일 아침 실컷 늦잠을 자다가 마셀이 일을 마칠 때쯤 고젝을 타고 케망이나 사리나 몰 등 그가 있는 곳으로 갔다. 그리고 매일 밤 자카르타 시내 이곳저곳을 누비다가 집에 돌아와 새벽 늦은 시간까지 테라스에 앉아 맥주를 마시며 지난날을 추억했다. 그렇게 이곳에 도착한 지 5일째가 되던 날, 나는 발리행 비행기 표를 예매했다. 공항으로 향하는 길, 또 만날 것을 알기에 우린 헤어짐이 전혀 아쉽지 않았다. 우리는 서로의 꿈을 응원했다. 다음에 만날 때는 더 멋진 모습의 우리가 되어 있을 것이 분명했다.

라몬,
마이 브라더

따뜻한 태양과 푸른 바다가 있는 곳을 사랑한
다. 하지만 주의해야 할 점이 하나 있다. 문제는 바로 여기저기서
시도 때도 없이 나타나는 호객꾼들이다. 호객 행위도 그들이 살아
가는 하나의 방식이라고는 하지만, 사소한 문제가 그 날의 여행을
망칠 수 있기 때문에 호객꾼들이 다가오면 그 사람들과 최대한 눈
을 마주치지 않은 채 앞만 보고 걸어야 한다. 일단 대화가 시작되
고 나면 그들을 뿌리치는 것도 마음이 편치 않다.

　오늘도 역시나 여기저기서 나에게 말을 거는 소리가 들려왔다.
최대한 앞만 보고 걸으려고 노력했음에도 불구하고 수많은 호객
꾼 중 포기할 줄 모르는 한 남자가 끈질기게 계속 따라오면서 말
을 걸었다.

　"친구, 뭐 필요한 거 없어? 필요한 거 있으면 아무거나 말해 봐."

　무시하고 나의 길을 가려 했지만 그는 포기하지 않고 나의 팔을
붙잡았다. 슬슬 짜증이 올라오려던 찰나, 어디선가 까맣고 조그만
남자가 나타나 그 호객꾼에게 알아들을 수 없는 말로 호통을 쳤
다. 끈질기게 따라오던 호객꾼은 그제야 내 팔을 놓고 돌아섰다.

　"고마워!"

　고마움을 표하고 돌아섰는데 이번엔 그가 내 뒤를 따라 걸었다.

　"어디 가는 중이야?"

순박한 웃음을 지으며 그가 나에게 물었다.

"배고파서 밥 먹으러 가는 중이야."

"마이 프렌드, 먹고 싶은 거 있어? 내가 같이 가 줄게."

까만 피부에 조그만 키, 땡그란 눈, 해맑은 표정. 나쁜 사람 같아 보이지 않는다. 왠지 모르게 무시하고 돌아서는 마음이 편치 않다. 그래, 같이 점심이나 먹자.

"나는 제이야. 이름이 뭐야?"

"아임 라몬! 브라더."

엉터리긴 하지만 발리에서는 정말 대부분의 사람이 영어를 한다. 호주 사람들이 가장 사랑하는 관광지이기에 어쩌면 당연한 것일지도 모르겠다.

"브라더, 뭐 먹고 싶은 거 있어?"

아무거나 괜찮다는 나의 말에, 정말 싸고 맛있는 곳을 데려가 주겠다며 당당하게 걷는 라몬을 따라 걸었다. 5분쯤 걸었을까, 쿠타 번화가에서 살짝 떨어진 곳에 레스토랑 하나가 나타났다. 중심가에서 그렇게 먼 거리도 아닌데 이 레스토랑은 다른 곳에 비해 굉장히 저렴했다. 관광객들이 이곳까지 닿지는 않는 듯, 나를 제외하고 외국인 관광객은 보이지 않았다.

"내가 사 줄게. 먹고 싶은 거 아무거나 먹어."

그에게 말했다.

"아니야, 브라더. 나는 배불러."

오랜 고민 끝에 나는 코돈부르 하나와 맥주 한 병을 주문했다.

먹고 싶은 것이 있으면 아무거나 시켜도 좋다고 말했지만 끈질긴 나의 요청에도 불구하고 그는 메뉴판조차 보지 않았다.

"마이 프렌드, 이제 어디 갈 거야?"

밥을 다 먹을 때쯤, 그가 물었다.

발 마사지를 받으러 갈 생각이라는 나의 대답에 그는 자신이 직접 오토바이로 데려다주겠다고 말했다. 이유 없는 그의 친절에 의심이 들긴 했지만, 벌건 대낮에 딱히 걱정할 일은 없어 보였다.

식당이나 마사지 숍으로 손님을 데리고 가면 그 대가를 받는 건가? 뭐 이유야 어찌 됐든 아까 끈질기게 따라오던 호객꾼을 물리쳐 주고, 안 그래도 심심했던 나에게 밥 먹는 동안 말동무가 되어 주었던 그에게 그냥 고마움을 표현하고 싶었다. 한 시간에 8천 원 정도 하는 발리의 발 마사지는 그리 부담되는 가격도 아니었기에 그와 함께 발 마사지를 받으면 좋겠다고 생각했다. 그를 따라 한쪽 골목에 세워져 있던 반짝반짝 빛나는 그의 금색 스쿠터 뒤에 올라탔다.

마사지 숍 입구에 서서 문을 잡고 그에게 들어오라고 말했다. 하지만 그는 담배를 꺼내 불을 붙이더니 나에게 들어가라는 손짓만 보냈다.

"라몬! 같이 가. 내가 낼 거야."

"브라더, 아임 굿. 갔다 와."

발 마사지를 받으며 창밖을 바라보았다. 라몬은 여전히 한 손에 담배를 들고 사람들과 이야기를 나누며 입구 앞에 서 있었다. 시원한 에어컨 바람 아래 발 마사지를 받으며 나는 스르르 잠이 들었고 한 시간 뒤, 마사지가 끝나고 나서야 잠에서 깼다. 계산을 하고 문을 나서는데 당연히 떠났을 거로 생각했던 그가 가게 앞에 앉아 나를 기다리고 있었다.

"아니, 브라더. 왜 아직도 안 갔어?"

밥을 사 주고 싶었지만 아무것도 시키지 않았고, 오토바이를 태워 준 값을 지불하고 싶었지만 그것도 받지 않았다. 그리고 같이 발 마사지를 받자고 했지만 그것도 마다했다. 혹여나 그가 나에게 어떤 목적을 가지고 도와주는 호객꾼일지라도 그에게 어떤 보답을 해 주고 싶다는 생각이 들었다.

"라몬, 가자! 내가 진짜 맛있는 거 사 줄게."

그렇게 10분쯤 달렸을까, 그는 편의점 앞에 오토바이를 멈춰 세웠다.

이곳이 괜찮은 레스토랑이냐는 나의 물음에 그는 "칩 브라더! 칩."이라고 대답하며 편의점으로 나를 안내했다. 나는 맥주 한 병을 집어 들었고, 그는 음료수 한 병을 집어 들었다. 이제는 웃음밖에 나오지 않는다. 편의점 직원에게 그가 들고 있는 것과 똑같은 담배를 달라고 한 후, 그에게 건넸다. 우리는 편의점 앞 테이블에 앉아 과자 봉지를 펼쳤다. 오늘 하루, 갑자기 등장한 그는 이유 없이 나에게 수많은 호의를 베풀었다. 정말 궁금했다. 라몬, 그는 누구인가? 원하는 게 뭘까? 여러 가지 생각에 가득 차 그 이유에 관해 묻는 나의 질문에 그는 바보 같은 웃음을 지으며 "유 해피, 미 해피. 아이 룩 애프터 유."라고 답했다.

　몇 번의 질문에도 불구하고 계속해서 똑같은 말만 반복하는 그에게 더 질문하지 않기로 했다.

　우리는 그냥 그렇게 친구가 되었다.

갱스터 인 발리

다음 날 아침, 라몬과 나는 우리가 처음 만났던 그 장소에서 다시 만나기로 했다.

"헤이 브라더! 하와유?"

호텔 앞 사거리에서 나를 기다리고 있던 라몬은 나와 눈이 마주치자마자 저 멀리서부터 크게 소리쳤다.

아침 식사를 하기 위해 어제 갔던 그 레스토랑으로 향했다. 내가 음식을 고르라고 말해도 어차피 고를 것 같지 않았다. 내가 먹고 싶은 나시고랭과 사태 요리를 두 개씩 주문해 그에게 하나를 주었다. 나시고랭은 매일 먹어도 질리지 않을 것 같은 맛이다. 배를 채우고 밖으로 나가 거리를 구경했다.

"헤이, 라몬! 새로운 친구야?"

"응, 코리아에서 온 제이야!"

한참을 걷다가 들어간 슈퍼 안, 선풍기 앞에 옹기종기 모여 앉아 있던 세 명의 사람은 라몬을 향해 반갑게 인사했다. 라몬은 정말 이 거리의 모든 사람을 알고 있는 듯했다. 그는 식당, 마사지 숍, 슈퍼에서 뿐만 아니라 심지어 길거리를 걷는 와중에도 스쳐 지나가는 수많은 오토바이와 인사를 나누었다. 슈퍼 한쪽에 있는 냉장고에서 커피를 집으려는 나에게 라몬은 코코넛 워터를 추천했다. 그는 코코넛 워터는 건강에 정말 좋은 것이므로 담배를 아무리 자주 피우더라도 코코넛 워터를 마시면 모든 것이 괜찮아진다고 말했다. 그러면서 밖으로 나가자마자 그는 한 손엔 코코넛 워터를 들고 다른 한 손으로는 담뱃불을 붙이며 해맑게 웃었다. 진심으로 코코넛 워터가 마법의 약이라고 믿고 있는 듯했다.

라몬은 나에게 오늘의 계획을 물었다. 오늘은 딱히 특별한 계획이 없었다. 그냥 바다를 보고 싶다는 것 외에는.

"해가 지는 시간에 쿠타비치에 석양을 보러 갈 거야. 그 전까지 특별한 계획은 없어."

"오케이, 브라더. 그럼 그 전에 내 친구들 만나러 갈래?"

그가 오토바이를 멈춰 세운 르기안 거리 한 곳에는 파란색 건물 하나가 있었다. 라몬은 그곳이 자신의 친구가 하는 타투 숍이라고 말해 주었다. 그 타투 숍 바로 옆에는 꽤 근사한 가죽옷이 잔뜩 걸린 상점이 있었는데, 이곳의 존재는 발리의 뜨거운 날씨와 전혀 어울리지 않았다. 선풍기 바람에 의지한 채 축 늘어져 있던 점원은 나의 등장에 벌떡 일어서 카탈로그를 꺼내 들어 펼치고는 소가죽이나 양가죽, 사진만 보여 주면 어떤 옷이든 똑같이 만들어 줄 수 있다며 자신 있게 말했다. 타투 숍 바로 앞에는 험상궂게 생긴 대여섯 명의 사람이 온몸에 타투를 하고 마치 발리의 한 갱스터 무리처럼 앉아 있었다. 그들이 바로 라몬의 친구들이었다.

"헤이, 브라더. 하와유?"

나의 등장에 험상 궂은 얼굴과는 달리 라몬과 똑같은 말투를 가진 그들은 순박한 웃음을 지어 보였다.

타투 숍 안쪽에는 포니테일로 머리를 묶은 타투이스트가 타투를 하고 있었고, 다른 한편에는 악센트로 보아 호주에서 온 듯한 한 무리의 소녀들이 타투를 받는 친구를 기다리고 있었다. 발리 사람들은 하나같이 담배를 피워도 너무 많이 피운다. 라몬과 마찬가지로 그의 친구 원두도 타투 숍 안에 앉아 쉬지 않고 전자 담배를 피웠다. 나와 원두가 이야기를 나누는 동안 라몬의 친구들은 번갈아 가며 타투 숍으로 들어왔다 나가기를 끊임없이 반복했다. 그리 크지 않은 타투 숍 안에 모두가 한꺼번에 들어와 앉아 있을 수는 없기 때문에 서로 시간을 정해 순서대로 시원한 에어컨 바람을 쐬러 들어오는 것이라고 했다.

"나 내일 누나랑 누나 친구들이 발리에 도착해서 차를 빌리고 싶은데, 어디서 빌리는 게 좋을까?"

라몬에게 물었다.

"이따가 앵그리랑 이야기해 봐. 이름은 앵그리인데, '네버 앵그리'야."

라몬은 히죽히죽 웃으며 대답했다.

라몬은 장난기가 굉장히 많다. 아까도 타투 숍 앞에 도착하자마자 이 친구는 자기가 키우는 강아지를 닮았다는 둥, 다른 한 친구는 파리를 닮았다는 둥 친구들을 놀려 대며 특유의 웃음소리와 함께 해맑게 웃었다. 타투 숍 안에서 시간을 보내고 있는 사이, 짧은 머리에 선글라스를 낀 범상치 않은 느낌을 풍기는 남자가 들어왔다. 그의 실제 이름은 'Angga'인데, 주변 사람들은 모두 그를 '앵그리'라고 불렀다. 라몬이 말한 대로 그는 "나는 앵그리. 근데 네버 앵그리."라고 자신을 소개했다. 외모와는 정반대인 그의 목소리를 듣는 순간, 웃음이 터졌다. 나는 앵그리에게 누나와 누나의 친구들이 오늘 저녁에 도착한다는 사실과 내일 우붓으로 가기 위해 렌터카를 빌리고 싶다는 사실을 말해 주었다.

"좋은 생각이야. 우붓은 정말 아름다운 곳이야."

앵그리는 우붓으로 올라가는 길, 사람들이 자주 들르는 유명한 관광지들에 대해 설명해 주었고 나는 한동안 타투 숍에 앉아 그와 함께 우붓으로 떠날 계획을 짰다. 그가 직접 운전까지 해 주는 조건으로 하루에 40만 루피를 주기로 했고, 내일 아침 여섯 시에 퀘스트 쿠타 호텔 앞에서 만나 유씨 실버 그리고 커피 플렌테이션에 들러 우붓으로 향하기로 했다.

해가 질 무렵, 라몬은 자신의 오토바이로 나를 쿠타비치까지 데려다주었다. 쿠타비치 앞 거리는 석양을 보러 나온 사람들로 가득 차 있었다. 오토바이를 태워 준 비용을 건네려는 순간, 그는 나의 손을 밀어내며 또다시 "유 해피, 미 해피."라고 말했다. 라몬의 무조건적인 호의는 아직도 이해할 수가 없다. 길게 쭉 뻗은 쿠타 해변을 따라 걸었다. 외국인 관광객들뿐만 아니라 발리인들까지, 해변에는 수많은 사람이 나와 있었다. 붉게 물든 아름다운 석양이 참 예뻤다. 매일매일 보고 또 봐도 질리지 않을 만큼 멋진 하늘이었다.

뜬금없이 나타나 나에게 갑자기 사진기를 맡기고는 마치 모델이라도 된 듯 여러 포즈를 취하던 중국 여자, 내 옆에 서서 함께 석양을 바라보던 동유럽에서 온 중년의 부부, 발리의 아름다움과 멋진 사람들에 취해 매년 이맘때면 항상 발리에 온다는 호주에서 온아줌마. 모두 함께 해가 완전히 사라지기 전까지 쿠타 비치 위에서하늘을 바라보았다.

시드니 어쨌든 해피 엔딩

누나, 미림이 누나, 예진이 누나가 덴파사르 공항에 도착하고 다음 날 아침 일찍 우리는 우붓으로 떠났다.

온통 초록색으로 뒤덮여 있던 우붓, 언제나 사람들로 가득 찬 끝없이 펼쳐진 쿠타비치, 아름다움을 넘어 경이로운 울루와투 와 락바의 석양 그리고 발리의 사람들. 꿈만 같았던, 그리고 앞으로도 평생 그렇게 기억될 것만 같은 발리에서의 시간은 정말 빠르게 흘러갔다.

그리고 어느새 호주로 떠나기 전 마지막 밤이 되었다. 이제 본격적인 여행이 우리를 기다리고 있다.

붉게 물든 하늘 아래, 석양이 질 때까지 지겹도록 해변에서 시간을 보내고, 지겹도록 여유를 즐기며, 지겹도록 캥거루를 보는 상상을 한다.

내일, 우리는 드디어 시드니에 간다.

시드니 어쨌든 해피 엔딩

드디어
오스트레일리아

뜨거운 태양, 시원한 바다, 그리고 밤하늘을
가득 채운 밝게 빛나는 별들.

발리에서 하루하루를 빠짐없이 열정적으로 보낸 탓에 누나와 나
는 눈이 반쯤 감긴 채로 시드니행 비행기에 올랐다. 여행을 마치고
시드니로 돌아가는 수많은 사람으로 가득 찬 비행기 안, 누나를
포함한 대부분의 사람이 꽤 깊은 잠에 빠져 있었다. 아름다웠던
발리에서의 시간들을 뒤로하고 떠나는 것이 아쉬워 마지막 순간까
지 모든 에너지를 불태웠음이 분명했다. 나도 물론 그들과 마찬가
지로 하루도 빠짐없이 발리의 밤의 끝을 잡고 또 잡은 탓에 피곤
함에 잔뜩 절어 있었지만, 시드니로 향하고 있다는 긴장감과 설렘
은 내가 깊은 잠에 빠지도록 내버려 두지 않았다. 그리 오래 지나

지 않은 것 같다고 생각했는데 비행기가 착륙을 준비한다는 안내 방송이 나왔다. 이제 곧 시드니에 도착한다는 사실이 아직도 믿어지지 않았다. 안내 방송에 따라 창문을 올렸다. 얼마 뒤, 저 멀리 시드니의 모습이 보이기 시작했다.

"누나, 저기 봐. 시드니야!"

누나를 깨웠다.

천천히 다가오는 시드니의 모습은 꾀죄죄한 얼굴로 눈을 비비며 창밖을 바라보는 나와 누나의 마음을 격하게 흔들었다.

안녕 오스트레일리아!

이제 곧 현실 속으로 들어가 당장 우리가 살 곳과 일할 곳 등을 찾아 나서야 한다는 사실은 우리의 마음을 무겁게 하기에 충분했지만, 시드니에 두 발을 디딘 순간 우리는 모든 걱정을 잊었다.

첫째, 누나와 내가 시드니에 있다.

둘째, 오페라 하우스를 우리의 두 눈으로 직접 볼 수 있다.

이 두 가지 사실만으로도 우리의 발걸음엔 힘이 넘쳤다. 출구로 향하는 길 '시드니 여행'이라는 제목의 안내 책자들을 닥치는 대로 집어 가방에 쑤셔 넣었다. 과연 이 책을 읽는 순간이 있을지는 의문이었다.

　짐을 찾고 검색대를 통과하기 위해 줄을 서 있는 동안 무심한 듯 "Good day."라고 말하는 공항 직원의 목소리는 우리가 호주에 도착했음을 알렸다. 그들은 정말 '그다이'라고 인사한다!

　공항 안에는 우리와 비슷한 모습을 한 한국 사람이 많았다. 설렘으로 가득 찬 그들의 표정으로 미루어 보아 그들도 누나와 나처럼 호주에 방금 도착한 '워홀러'임이 분명했다. 앞으로 펼쳐질 시드니에서 우리 모두의 날이 우리 삶에 언제든 꺼내 먹을 수 있는 달콤한 초콜릿 같은 추억이 되기를 바랐다. 검색대를 다 통과하고 나오자마자 누나와 나는 서로의 눈을 바라보았다. 그리고 마치 텔레파시가 통한 듯 동시에 출구를 향해 달렸다. 우리는 마치 소풍 나온 아이들처럼 마냥 신이 났다. 언제나 가감 없이 모든 기쁨을 온몸으로 표현하는 우리 누나. 그 모습을 보며 나도 덩달아 설렘을 만끽했다. 말하지 않아도 지금 서로가 어떤 기분인지 알 수 있었다.

　"와! 호주다. 석진아, 우리 드디어 호주에 왔어."

　누나는 펄쩍펄쩍 뛰며 온몸으로 그 기쁨을 표현했다.

　"그래, 우리 호주에 왔어!"

　겨울이 다가오는 남반구의 5월 말, 호주의 날씨는 생각보다 훨씬 쌀쌀했다. 공항 앞 벤치에 앉아 가방 안에 구겨 넣었던 후드 티를 꺼내 입었다. 선글라스를 낀 채 커피를 한 손에 들고 바삐 어딘가로 향하는 여자, 형광 조끼를 입고 공항 주변을 쓸고 있는 청소부 아저씨, 벤치 주변을 둘러싼 수많은 비둘기. 어디선가 봐 왔던 풍경임에도 모든 것이 새로웠다.

어떤 말로도 이 가슴 벅참을 표현할 수는 없겠다. 이렇게 간단한 일이었다. 마음만 먹으면 이곳에 올 수 있었다.

공항 안, 호주를 대표하는 각각의 통신사는 한국을 포함한 몇몇 나라로의 무제한 국제 전화 프로모션과 더불어 꽤 괜찮은 요금제 옵션을 가지고 있었다. 워홀러의 나라답게 세계 각국에서 호주로 몰려드는 사람들 덕분에 통신사들의 경쟁은 꽤 치열한 듯했다. 옵터스, 텔스트라, 보다폰 세 개의 대표적인 통신사 중 석 달 동안 추가 데이터를 제공해 준다는 보다폰 매장으로 향했다. 필리핀에서 왔다는 보다폰 매장 직원은 내가 마닐라에서 살았었다는 이야기를 듣더니 마치 고향 사람을 만난 듯 반가워했다. 나도 그녀와 마찬가지로 마닐라에서 돌아온 이후부터는 필리핀 사람들만 보면 왠지 모르게 고향 사람을 만난 듯 반가운 마음이 들었다. 그녀는 필리핀 사람임에도 불구하고 지금까지 단 한 번도 마닐라에 가 본 적이 없다고 말했다. 그리고는 내게 마닐라에 사는 것이 복잡하고 위험하지 않은지 물었다. 내가 만난 대부분의 사람이 마닐라 출신이었기 때문인지 지금까지 이런 질문을 받아 본 적이 없었는데, 필리핀 사람들조차 마닐라에 대해 이런 생각을 가지고 있다는 것이 놀라웠다. 나는 마닐라가 얼마나 멋진 곳인지 말해 주었고, 그녀는 그런 나를 신기하게 바라보았다.

그 직원의 안내에 따라 우리는 멋지게 우리의 첫 번째 임무를 완수했다. 단지 휴대 전화 번호 하나씩 가진 것뿐인데 엄청난 뿌듯함이 몰려왔다. 휴대 전화 개통을 마치고 숙소까지 갈 방법을 찾기 위해 입구 옆 카페 앞에 자리를 잡고 앉았다.

"누나, 어떤 거 마시고 싶어?"

"나는 음… 아이스 모카!"

"나도 아이스 모카! 누나, 우리 호주에 오니까 잘 통하는데?"

고민 끝에 우리는 사이좋게 아이스 카페 모카 한 잔을 나누어 마시기로 했다.

"석진아, 호주라서 그런가 더 맛있지 않니?"

역시 누나다운 발언이었다. 누나는 잔뜩 신이 난 목소리로 나를 보며 말했다.

"그래, 맞아. 호주라서 더 맛있어."

나는 누나의 그런 모습에 웃으며 답했다.

아직 살 곳도, 할 일도 정해지지 않은 채 모든 것이 막막했다. 그런 우리는 돈을 아껴야 한다며 커피 한 잔을 살 때도 망설이다가 결국 한 잔의 아이스 모카를 둘이 나누어 먹기로 했지만, 새로운 시작을 한다는 설렘으로 우리의 얼굴엔 웃음이 떠나지 않았다.

누나, 우리 잘 할 수 있을 거야!

애쉬필드, 운명적인 만남

숙소까지 대중교통을 타겠다고 마음먹고 있었
지만 큰 문제가 하나 있었다. 발리에서 여행을 하는 도중 달랑달
랑 헐거워졌던 캐리어의 바퀴 하나가 완전히 빠져 버린 것이다. 고
민 끝에 우버를 불렀다. 우버 애플리케이션을 켜고 지도를 따라간
공항 앞 야외 주차장에는 내 또래 정도로 보이는 중국 청년이 지
금 막 잠에서 일어난 듯 머리에 새집을 지은 채 새하얀 인피니티
SUV 앞에서 우리를 기다리고 있었다. 애쉬필드로 향하는 길, 차
창 밖으로 보이는 시드니의 모습은 우리가 상상했던 것과는 많이
달랐다. 미디어를 통해 오페라 하우스와 하버 브리지, 이를 둘러
싼 아름다운 태양, 에메랄드빛 바다의 모습만을 봐 왔던 우리는 시
드니 도시 전체가 그런 분위기일 것이라는 바보 같은 상상을 하고
있었나 보다. 얼마 후, 우버 기사는 우리가 애쉬필드에 도착했음을
알렸다. 중국 사람이 많이 사는 동네인 듯 애쉬필드 몰 주변으로
는 중국어로 된 수많은 간판이 보였다.

　조용한 주택가, 집 앞에 도착해 초인종을 누르자 마이크는 맨발
로 현관문 밖까지 나와 우리가 짐 옮기는 것을 도와주었다.

　"Welcome Jay!"

　우리가 4일 동안 머물게 된 집의 호스트 마이크는 그의 좋은 인
상만큼 친절한 호주 아저씨였다.

집에 들어서자마자 그는 신발을 벗어서 슈렉에 올려놓고는 우리에게 키 두 개를 건네주었다. 서양 사람들이라고 모두가 집 안에서 신발을 신고 생활하는 것은 아닌가 보다. 그는 얼마 전 리모델링을 했다고 말하며 굉장히 만족스러운 표정으로 우리에게 집 이곳저곳을 구석구석 빠짐없이 안내해 주었다. 새하얀 커튼으로 가려진 문 뒤 아담한 크기의 정원 빨랫줄에는 따뜻한 호주의 햇살 아래 옷가지들이 바싹 말라 있었다. 이 집은 보통 마당이 집 앞에 있는 한국의 집과는 다른 특이한 구조로 되어 있었는데, 마치 한국에 있는 보통의 주택을 180도 돌려놓은 것 같은 느낌이 들었다.

마이크는 에어비앤비를 통해 아이들에게 세상에는 다양한 사람이 존재한다는 사실을 알려 주고, 새로운 문화를 접하는 기회를 주고 싶다고 했다. 다양한 사람이 한곳에 모여 살고 있는 호주 사회에서 중요한 교육이다. 어린 시절부터 이런 방식으로 자연스럽게 다양한 문화와 서로 다른 모습의 사람을 만날 수 있다는 사실이 부러웠다.

1층 전체를 한 바퀴 둘러본 후, 마이크는 우리에게 물을 마시고 싶은지 물었다. 그렇다는 나의 대답에 그는 자연스럽게 주방 싱크대 수도꼭지를 틀고 물을 받아 주었다. 잠시 당황했지만 아무렇지 않게 마시는 그의 모습을 보고 나와 누나도 따라 마셨다. 물을 벌컥벌컥 들이켜고 컵을 내려놓자마자 그는 우리를 곧바로 2층으로 안내했다. 마이크를 따라 우리가 앞으로 지내게 될 방 안으로 들어갔다. 50불짜리 치고 꽤 근사했다. 누나는 우리가 지낼 첫 숙소를 보고 아이처럼 좋아했다. 시드니로 떠나기 직전, 별다른 고민 없이 선택한 이 방은 꽤 성공적인 듯했다.

발리에서 호주로 떠나기 바로 전날 밤, 호텔 침대 위에 기대어 맥주를 마시던 중 에어비앤비 애플리케이션을 켰다. 하루 50불 정도의 가격으로 다운타운과 그리 멀지 않고 트레인 스테이션 가까이에 위치한 집들을 훑어보던 중, 프로필 사진이 아저씨, 아줌마와 함께 해맑게 웃는 아이들인 이 집이 눈에 들어왔다.

애쉬필드는 그렇게 우리에게 운명적으로 다가왔다.

시드니 어쨌든 해피 엔딩

오페라 하우스

외국에 나갈 때면 아빠는 아빠 특유의 멋진 손 글씨로 그곳의 모습이 담긴 엽서에 편지를 써서 보내곤 했다. 그리고 엄마, 누나, 나는 항상 같은 마음으로 그 엽서를 기다렸다. 가끔은 아빠가 한국에 도착한 이후에야 엽서가 도착하는 때도 있었지만 국제 전화는 너무 비쌌고, 영상 통화는 상상할 수도 없던 때였다. 그 시절 아빠가 있는 그곳의 모습과 향기를 담은 그 엽서 한 장은 우리 가족에게 무척이나 소중했다. 아빠가 시드니에 있을 때, 호주에서 날아온 엽서 중 하나에 그려져 있던 오렌지 껍질 모양의 이 신기한 건축물은 나의 호기심을 자극했고 그때부터 나는 그에 대한 막연한 환상을 가지기 시작했다.

짐을 대충 정리하고 우리는 곧바로 밖으로 나섰다. 시드니에 도착하자마자 가장 먼저 해야 할 일이 있었다.

바로 오페라 하우스에 가는 것.

애쉬필드역으로 가기 위해 집을 나섰다. 애쉬필드 몰을 중심으로 왼쪽, 오른쪽으로 쭉 늘어선 1층짜리 오래된 건물들은 중국어로 된 간판들로 가득 차 있었다. 누군가 이곳에 나를 집어다 놓고 "여기가 중국이야."라고 말한다면 '아, 여기가 중국이구나.'라고 믿겠다. 딱히 눈에 띌 만한 것이 하나도 없음에도 도로, 표지판, 신호등

같은 일상적인 작은 것들 하나하나가 모두 새로워 계속해서 주위를 둘러보았다. 단지 시드니에 있다는 사실만으로도 특별하지 않은 것들이 주는 특별함이 있나 보다. 그러다 길게 늘어선 중국 간판들 사이로 케밥 집 하나가 눈에 들어왔다.

케밥 $15

우리는 우선 치킨과 비프가 함께 든 스낵 팩 하나만을 주문하기로 했다. 얼마 후 감자 반, 고기 반으로 채워진 커다란 박스가 나왔다. 음식의 양을 보니 15불이라는 가격이 그리 비싼 것 같지는 않았다. 스낵 팩을 반씩 나누어 먹고 우리는 다시 애쉬필드역으로 향했다. 역 2층, 개찰구 옆에 있는 조그만 마트에 들어가 시드니 교통 카드인 OPAL 카드를 샀다. 이십대가 끝나가면서 새로운 것이 점점 줄어드는 지금, 휴대 전화를 개통하고 교통 카드를 사는 소소한 일에서 마저도 마치 아이가 된 듯 커다란 성취감이 느껴졌다. 이것이 바로 완벽하게 새로운 장소에서 삶을 시작하는 것의 가장 큰 장점이 아닐까 싶다. 다른 세상으로의 여행은 앞으로 10년이 지난 후에도, 20년이 지난 후에도 우리에게 이러한 신선함을 줄 것이다. 얼마 후, 우리 앞에 노란색 2층 트레인이 도착했다. 위층으로 올라갈 수도 있고 아래층으로 내려갈 수도 있는 신기한 구조였다. 우리는 위층으로 올라가 창밖 풍경이 잘 보이는 곳에 마주 보고 앉았다. 다운타운까지 20분 정도 걸리는 짧은 거리임에도 불구하고 멀리 기차 여행을 떠나는 느낌이 들었다.

낯선 장소에 있는 것을 사랑한다. 뭐라고 형언하긴 어렵지만, 완벽하게 낯선 장소에 있을 때만 느낄 수 있는 특별한 기분이 있다. 창밖을 통해 다가오는 풍경들을 바라보며 가슴 깊은 곳에서부터 차오르는 감정들을 마음껏 만끽했다. 이것이 내가 여행을 사랑하는 가장 큰 이유다.

서큘러 키역에서 내려 오페라 하우스로 향했다. 바다를 따라 오페라 하우스까지 쭉 이어지는 길 곳곳에는 정말 수많은 사람이 사진을 찍고 있었다. 나와 누나도 당연스럽게 그중 하나가 되었다. 상상 속에서만 그리던 시드니가 내 눈앞에 있었다.

이십여 년 전 어느 날, 아빠는 퇴근길에 사진관에 들러 호주에서 찍은 사진들을 찾아 집에 돌아왔다. 우리 모두 거실에 옹기종기 모여 앉아 아빠가 찍어 온 수많은 사진을 바라보던 그날의 기억이 아직도 선명하다. 아빠가 찍은 사진들 중에는 파노라마 모드로 길게 찍힌 오페라 하우스의 사진도 있었다. 외국인 아줌마들과 함께 어깨동무를 하고 찍은 아빠의 사진을 보고 노발대발하는 누나의 모습이 재미있어 아빠와 엄마가 웃음이 터진 사이, 나는 오페라 하우스가 담겨 있는 사진에서 눈을 떼지 못했다. 그리고 그날 이후, 총 세 번의 이사를 하며 새로운 집에 도착할 때마다 내가 가장 먼저 했던 일은 책상 유리 아래 오페라 하우스가 담긴 이 사진을 넣는 것이었다.

꿈꿔 왔던 연예인을 실제로 만난 것 같은 기분이었다. 오페라 하우스 앞에 서서 아빠와 엄마에게 영상 통화를 걸었다. 20년 전 호주에 갔던 아빠가 보내 준 엽서와 사진을 보고 꿈을 꿨던 두 꼬맹이가 어느새 이렇게 커서 아빠가 서 있던 그 자리에 서 있었다.

"우리 딸, 아들 다 컸네."

아직도 나와 누나를 '아가'라고 부르는 엄마는 서른 살 딸, 스물여덟 살 아들에게 이렇게 말했다.

아빠, 엄마는 바다 건너 저 멀리에 있지만 지금 이 순간만큼은 함께하고 있다는 마음이 들었다.

우리는 맥주 한 병을 손에 들고 해가 다 질 때까지 오페라 하우스 옆 바다를 따라 쭉 이어진 벤치 위에 걸터앉아 시간을 보냈다.

이 설렘은 평생 잊을 수 없겠다.

스트라스필드

충분히 피곤한 상태였지만 시드니에 있다는 설렘과 앞으로 생존과 관련하여 해야 할 일이 산더미처럼 쌓여 있다는 압박은 나를 깊은 잠에 빠지도록 내버려 두지 않았다. 잠귀가 밝은 편이 아님에도 이른 아침 학교에 갈 준비를 하는 아이들 소리에 저절로 잠에서 깼다. 이불 속에서 두 눈을 말똥말똥 뜬 채 스마트폰을 집어 들었다. '검트리(Gumtree)' 애플리케이션을 켜고 적당한 가격대의 방을 대충 훑어보면서 아이들이 준비를 마치기를 기다렸다.

　오늘은 누나가 인터넷 카페에서 만난 친구를 보러 가기로 한 날이다. 나와 동갑인 이 친구는 우리보다 4개월 정도 호주에 빨리 왔으며, 호주에 도착하자마자 세컨드 비자를 얻기 위해 태즈메이니아에서 농장 생활을 마친 뒤 이제 막 시드니에 왔다고 했다.

　태즈메이니아. 이름부터 굉장히 호주스러운 곳이다.

　워킹 홀리데이를 오는 사람들은 세컨드 비자를 따기 위해서 보통 두 가지 선택지 중 한 가지를 선택한다.

　첫째, 도시에서의 삶을 먼저 경험해 보고 호주에서 더 지내고 싶은 생각이 들면 세컨드 비자를 따기 위해 시골에 있는 농장이나 공장으로 가는 것.

　둘째, 세컨드 비자를 따기 위한 조건을 먼저 충족해 놓은 상태에서 시골에서의 삶을 이어가거나 도시로 나오는 것.

이미 호주와 사랑에 빠진 누나는 그에게 물어볼 질문이 한가득이었다. 누나는 이곳에 도착한 첫날, 오페라 하우스에 다녀오는 길에서부터 벌써 세컨드 비자를 따고 싶다는 생각을 하기 시작했다.

우리는 '스트라스필드'라는 곳에서 만나 점심을 먹기로 했다. 스트라스필드는 애쉬필드에서 굉장히 가까운 곳에 위치하고 있었다. 역에서 트레인을 타고 크로이던과 버우드, 두 역을 지나 스트라스필드역에 도착했다. 역에 내리자마자 스트라 광장 뒤쪽으로 보이는 해장국, 안경점, 식품점 등 한국어로 된 수많은 간판에 우리의 두 눈은 휘둥그레졌다. 누나와 나는 이때까지도 한국 워홀러들이라면 누구나 알고 있을 만한 스트라스필드가 어떤 곳인지조차 모르고 있었던 것이다. 시드니에서 보는 정겨운 한글 간판들. 호주에서 만나리라고는 전혀 예상치 못한 친숙함과 생소함이 동시에 느껴지는 신기한 장소였다. 광장 앞에 서서 그에게 전화를 걸어 우리가 이곳에 도착했음을 알렸다. 처음으로 인터넷을 통해 누군가를 만나는 이 상황이 정말 어색하기만 했다.

"안녕하세요!"

잠시 뒤, 광장 반대편에서 한국 사람이라는 생각이 들지 않을 만큼 새카맣게 탄 한 친구가 손을 들고 우리 쪽을 향해 걸어왔다. 우리보다 며칠 먼저 시드니에 도착해 스트라스필드에서 지내고 있던 이 친구는 이미 가 봤던 몇몇 식당의 음식에 대해 자세한 평가를 해 주었다. 설명을 마치고 "뭐 먹고 싶어요?"라는 그의 물음에 우리는 한 치의 고민 없이 동시에 "돼지국밥"이라고 외쳤다.

식당 안은 시드니에서 맡을 거라고는 상상도 못 했던, 한국에서 그대로 가지고 온 듯한 국밥집 특유의 냄새로 가득했다. 벽에 붙어 있는 한국어로 된 메뉴, 바쁘게 움직이는 한국인 종업원들. 문 하나를 사이에 두고 마치 호그와트로 향하는 기차역에서 공간 이동을 하는 해리 포터가 된 듯한 기분이었다. 오후 한 시, 뜨거운 태양 아래 우리는 소주 한 병과 순대국밥 세 개를 주문했다. 용주는 세컨드 비자를 따기 위한 과정 뿐만 아니라 통장을 만드는 것부터 자동차를 등록하는 것까지 호기심으로 가득 찬 우리에게 먼저 겪었던 일에 관해 아낌없이 이야기해 주었다. 태즈메이니아의 바다에서 수영을 하거나 낚시를 하며 여유롭게 보냈던 시간에 대해 이야기하는 용주의 두 눈은 반짝반짝 빛이 났다. 순대국밥과 함께 소주잔을 기울이는 사이, 우리는 말을 놓고 금세 친구가 되었다. 식사를 마치고 가게 문을 열고 밖으로 나왔다. 또다시 해리 포터가 된 듯 우리는 시드니로 돌아왔다.

그는 아직 통장을 개설하지 않았다는 우리의 이야기를 듣고는 함께 은행에 가자고 말했다. 자세한 설명을 들으려면 한국인 직원이 있는 큰 은행으로 가는 것이 좋다는 용주의 조언에 따라 우리는 모두 다운타운으로 향했다. 뜨거운 햇살 아래 취기가 올라왔다.

현실적인 고민을 모두 배제한 채 완벽한 여행자가 되어 창밖을 바라보았다. 차창 밖의 풍경은 오늘도 처음인 듯 여전히 새로웠다.

타운 홀 스테이션 앞, 다운타운의 거리는 정말 수많은 아시안으로 가득 차 있었다. 누군가가 나를 이곳에 집어다 놓고 이곳이 홍콩이라고 말한다면 나는 그 말을 믿을 것이다. 10분 정도를 걸어 은행에 도착했다. 친절한 한국인 직원분의 설명과 함께 빠르게 통장을 만들었다. 지금 막 시드니에 도착했다는 우리의 말에 그녀는 따뜻한 응원을 보냈다. 외국에서 한국 사람들과의 만남은 언제나 반갑다. 유심 칩, 오팔 카드에 이어 또 하나의 업적을 달성한 기분이었다. 스물여덟과 서른, 별거 아닌 일에도 하루하루 게임의 퀘스트를 깨듯 이렇게 큰 즐거움을 느끼는 우리의 모습이 우습기만 하다. 통장 개설을 마치고 달링 하버 앞 스타벅스에서 커피 한 잔씩을 손에 들고나와 바다를 마주 보고 앉았다.

"외국에 나왔을 땐 한국 사람을 조심해야 해."

살면서 누구나 한 번쯤은 들어 봤을 그런 흔한 말일 것이다. 돌다리도 두드려 보고 건너는 신중함은 좋지만, 이런 말 때문에 사람들과의 만남에 일부러 벽을 만들지 않았으면 한다. 사실 아침에 집을 나설 때까지만 해도 용주와의 만남에 대해 막연하게 경계하는 마음을 가지고 있었는데, 이 또한 경험해 보지 못한 데서 오는 불안감이었을 뿐이었다.

어제는 오페라 하우스, 오늘은 달링 하버. 누나와 나의 호주에서
의 삶은 꽤 근사하게 시작되고 있는 듯하다.

시드니 어쨌든 해피 엔딩

집구하기

검트리에는 지금 우리가 지내고 있는 애쉬필드 주변을 포함해 시드니 전역에 있는 수많은 방이 올라와 있었다. 누나와 나, 두 명이 함께 지낼 수 있는 방은 보통 일주일에 300불에서 많게는 500불, 600불까지로 가격이 다양했다. 우리는 우선 인터넷에 올라와 있는 수많은 방 중 마음에 드는 방을 뽑아 가격과 위치 등을 고려해 리스트를 만들기로 했다. 가격이 눈에 띄게 저렴한 집들은 사진 속 모습이 아무리 매력적이라고 할지라도 과감하게 제외했다. 시세보다 가격이 현저히 저렴한 데에는 분명한 이유가 있을 것이다. 그렇게 누나와 나는 주에 200불 중반에서 최대 300불 중반 정도의 가격에 트레인 스테이션에서 멀지 않은 곳에 위치한 집을 찾자는 결론을 내렸다. 그렇게 하다 보니 열 손가락으로 셀 수 있을 만큼의 집들만이 남았다. 마이크에게서 얻은 A4 용지를 삼등분해 접고 누나에게 리스트에 적은 집들의 위치와 특징에 대해 다시 한번 자세히 설명해 주며 집 주소, 호스트의 이름 그리고 연락처를 차례로 적었다. 메시지를 보낸 지 얼마 지나지 않아 세 명의 호스트에게서 연락이 왔다.

첫 번째, 애쉬필드.

호스트로부터 오전 열 시 이전 혹은 오후 일곱 시 이후에 오라는 메시지를 받았다. 며칠이나 살았다고 애쉬필드는 벌써 정이 들어 버렸다. 애쉬필드 몰 안에는 울월스, 콜스, 알디 등 모든 종류의 슈퍼마켓이 모여 있다. 그리고 몰 주차장 안쪽에 있는 중국 마트에서는 꽤 다양한 종류의 한국 식품을 팔기도 하고, 스트라스필드에서도 딱 두 정거장 떨어져 있으며, 다운타운까지도 그리 오래걸리지 않는 장점도 있다. 딱히 어떤 특별한 느낌을 가지고 있는 동네는 아니지만 왠지 모르게 마음에 든다.

두 번째, 스트라스필드.

오후 두 시 이후에는 언제든 와도 좋다고 답장이 왔다. 한국 상점과 레스토랑이 넘쳐나는 이곳은 우리의 삶을 시작하기에 매력적인 장소가 아닐 수 없다. 그리고 이 집은 우리가 고른 몇 개의 집 중 렌트비가 가장 저렴하다는 장점이 있다. 하지만 모든 것이 너무 편리한 탓에 그곳에 발을 디뎠다가는 워홀이 끝날 때까지 그곳에서 벗어나지 못할 수도 있겠다는 불안한 생각도 들었다.

세 번째, 뉴 타운.

오후 다섯 시 이후에서 열 시 이전까지 방문이 가능하다고 연락이 왔다. 구글을 통해 검색해 본 결과 뉴 타운은 호주의 젊은이들이 모이는 시드니의 홍대 같은 곳이다. 이곳은 분위기 좋은 펍이나 카페, 레스토랑 등이 모여 있는 굉장히 매력적인 동네다. 이곳에 살면 왠지 내가 상상했던 시드니에서의 삶을 살 수 있을 것 같은 생각이 들었다. 시드니에 왔으니 가장 시드니다운 곳에 사는 것도 좋겠다.

마지막으로, 매릭빌에 있는 집의 호스트로부터 연락이 왔다.

트레인 라인이 다른 매릭빌은 왠지 모르게 끌리지 않았다. 딱히 급할 것도 없으니, 차가 없는 우리는 무리하지 않고 하루에 세 집 정도 보는 것이 적당하다는 결론을 내렸다. 일단 이틀 뒤에 가겠다는 메시지를 보냈다.

누나와 나는 내일 아침 일찍 일어나 가장 먼저 애쉬필드에 있는 집을 보고 그다음 스트라스필드, 마지막으로는 뉴 타운에 있는 집을 보러 가겠다는 계획을 세웠다. 자기 직전 불을 끄고 침대에 누워 스마트폰으로 캡처해 놓은 집들을 다시 한번 확인한 후 알람을 맞췄다.

잠이 오지 않았다.

잠이 들기 전까지 휴대 전화를 켜고 내일 갈 집들을 몇 번이고 다시 확인했다.

다음 날 아침.

일곱 시 반에 맞춰 놓은 알람이 울렸다. 창밖엔 비가 내리고 있었다. 알람을 끄고 다시 잠이 들었다. 그리고 아홉 시가 다 되어서야 다시 눈을 떴다.

오늘은 왠지 침대 위에 종일 누워 아무것도 하지 않고 빈둥거리며 밀린 드라마를 보고 싶은 그런 날이다. 우리는 현관문을 나서기 직전, 느지막이 하루를 시작해 일곱 시 이후에 애쉬필드에 있는 집을 마지막으로 보는 것도 그리 나쁜 생각은 아니었을 거라는 대화를 나누었다.

오늘 처음으로 갈 48 프레더릭 스트리트 애쉬필드는 마이크의 집에서 걸어서 20분 정도 떨어진 거리에 있었다. 이 집을 먼저 보고, 스트라스필드로 가서 점심을 먹고 난 후 두 번째 집을 보고, 뉴 타운으로 가서 저녁을 먹고 세 번째 집을 보면 되겠다. 밖으로 나와 조금 걷다 보니 시드니에 있다는 사실이 다시금 실감이 났다. 언제 그랬냐는 듯 에너지가 넘쳐흘렀다. 사실 지금 우리는 시드니에 있다는 생각만으로도 엔도르핀이 솟아오르는 그런 단계에 있다. 구름이 드리운 잿빛 하늘도, 추적추적 내리는 비도, 울퉁불퉁 매끄럽지 않은 길도, 우리에겐 모든 것이 마냥 예쁘게만 보였다. 문득 비 오는 날 학교를 가기 위해 비에 젖은 신발을 바라보며 버스 정류장에서 잔뜩 얼굴을 찌푸린 채로 버스를 기다리던 내 모습이 떠올랐다. 그러고 보면 사실 모든 것은 다 내 안에 있다.

"석진아 너무 배고픈 거 같지 않아?"

고개를 돌려 머리에 쓴 후드 사이로 누나를 바라보니 웃음이 났다.

"누나, 이 집만 보고 빨리 스트라스필드 가서 또 국밥 먹자!"

케이마트를 지나 횡단보도를 건너 프레더릭 스트리트에 진입했다. 48 프레더릭 스트리트로 향하는 길, 이미 출근 시간이 지나서인지 우리 외에 이 길을 걷는 사람은 단 한 명도 보이지 않았다.

이제 거의 다 왔다.

우체통 앞에 쓰인 번호를 확인하며 천천히 걸었다.

44,

46,

48!

"이 집 맞아?"

누나가 당황스러운 눈빛으로 물었다.

"아마도?"

집 앞 입구에 깔린 잔디는 오랫동안 단 한 번도 깎이지 않은 듯 무성한 잡초처럼 바람에 흔들리고 있었고, 그 위에는 닭인지 딱따구리인지 정체를 알 수 없는 초록색 새 조형물이 쓰러져 있었다. 우중충한 날씨 탓인지 사람이 살고 있지 않은 듯한 음침한 느낌마저 들었다. 현관으로 향하는 길, 발목 높이까지 자라 잔뜩 물기를 머금은 잔디가 신발과 다리를 적셨다.

똑똑.

의심스러운 마음으로 조심스레 노크했다. 아무런 반응이 없었다. 다시 한번 노크했다. 역시나 아무 반응이 없었다. 누나는 아무래도 빈집 같다며 주위를 둘러보았다.

"헬로우, 나 제이야. 지금 집 앞에 도착한 거 같은데."

호스트에게 전화를 걸었다.

전화기 속의 목소리가 점점 문을 향해 가까이 다가왔다. 그리고 문이 열렸다. 적어도 키가 180은 넘어 보이는 듯한 그녀는 활짝 웃으며 특유의 하이 톤 목소리로 우리를 향해 활기차게 인사를 건넸다. 그녀 뒤로는 구릿빛 피부에 운동 선수 같이 생긴 남자 한 명이 따라 나왔다.

프란체스카와 아미르.

두 사람은 이탈리아에서 온 커플이다. 원래 학창 시절부터 친구 사이였던 그들은 함께 호주에 와 퍼스에 1년 정도 살다가 시드니로 이사를 왔다고 했다. 프란체스카는 이탈리아를 떠나 이곳으로 오기 전 1년 반 동안 런던에서 살았으며, 아미르는 고등학교를 마치자마자 이탈리아를 떠나 뉴욕에서 칼리지를 졸업하고 호주에 왔다. 둘 다 호주에 오기 전, 각각 영국과 미국에서 살았기 때문인지 이탈리아 사람 특유의 강한 악센트를 가지고 있지 않았다. 영어가 완벽해서 이탈리아 사람인지 전혀 몰랐다는 나의 말에 프란체스카는 뿌듯한 웃음을 지었다. 복도를 지나 문을 연 순간, 거실에는 작은 고양이 두 마리가 이곳저곳을 쉬지 않고 미친 듯이 뛰어다니고 있었는데, 특이한 점은 아미르와 프란체스카도 그 고양이들을 잡지 못한다는 것이었다. 아미르는 우리에게 보여 주려는 듯 고양이를 잡으려고 몇 번이나 시도했지만 실패하더니 멋쩍은 웃음을 지었다. 집의 내부는 겉모습과는 다르게 꽤 근사했다. 무엇보다 여러 명이 살고 있음에도 불구하고 나름대로 깔끔하게 잘 정돈되어 있다는 점이 좋았다. 프란체스카는 이 집에서 자신이 가장 좋아하는 장소가 테라스라고 소개했다. 이곳에서는 친구들이 다 함께 모여 앉아 음악을 듣거나 맥주를 마시며 이야기를 나눈다고 말했다.

kitchen: Amir, Francesca

Bath room: Daniel, Paul

Living room: Antonio, Tania

집이 깨끗하다는 나의 말에 그녀는 벽에 붙어 있는 화이트보드를 가리켰다.

그들은 퍼스에서 시드니로 이동한 후, 공동의 공간이 너무나도 지저분하다는 이유로 총 세 번의 이사를 거듭했다고 했다. 그러다가 직접 렌트를 하는 편이 낫겠다고 마음먹었고, 깨끗한 집을 위해 공동의 청소 규칙을 만들었다고 했다. 프란체스카는 썩은 음식이 들어 있던 냉장고, 싱크대에 말라붙어 있던 파스타면 등 시드니에서 지금까지 살았던 모든 곳이 얼마나 지저분했는지 자세하게 묘사해 주며 이 집의 청소 규칙에 관해 설명해 주었다. 누나와 나도 공동으로 생활하는 공간을 함께 깨끗이 유지하기 위한 이 규칙이 마음에 들었다.

그들에게 나머지 집들을 보고 연락을 주겠다는 말을 남기고 집을 나섰다.

"누나, 나는 여기 완전 마음에 들어. 누난 어떤 거 같아?"

누나도 나와 같은 마음이었다.

'우리 이틀 뒤에 이사 갈게!'

애쉬필드역으로 향하는 길, 프란체스카에게 메시지를 보냈다.

우리는 나머지 집들을 보러 가지 않기로 했다. 그리고 에어비앤비 예약이 끝나는 이틀 뒤 저녁, 애쉬필드 48 프레더릭 스트리트로 이사했다.

애쉬필드에서의 삶은 호주에 가기로 결정한 순간부터 마음속에 상상했던 그 모습 그대로 그렇게 시작되었다.

나에게 가장 중요한 것은 언제나 함께하는 사람들이다. 지난날의 모든 추억 속에는 나의 모습이 아니라 그 순간 나와 함께하는 사람들의 모습이 있기 때문이다. 그런 의미에서 사는 곳을 정하는 일은 우리가 가장 처음으로 해야 할 일이면서 동시에 가장 중요한 일이었다.

일
구
하
기

이제 집도 구했고 우리의 상황을 깨달았으니 다음으로 할 일은 당연히 일을 구하는 것이었다. 발리에서 생각 없이 돈을 펑펑 쓴 탓에 우리의 주머니 사정은 최악이었다. 서로의 지갑을 확인하기 전까지 우리가 이렇게 가난하다는 사실을 전혀 알지 못했다. 그나마 불행 중 다행인 것은 우리가 시드니에 있다는 사실이었다. 호주에서 가장 바쁜 도시인 시드니는 힘든 일도 마다하지 않는다면 영어 능력에 상관없이 정말 누구나 손쉽게 구할 수 있는 일자리가 넘쳐 났다. 상황이 상황이니만큼 모든 것은 정말 짧은 시간에 일사천리로 진행되었다. 우리는 침대에 누워 각자의 휴대 전화를 들고 '호주나라'에 들어가 '급구'라고 쓰인 구인 광고를 위주로 검색하기 시작했다. 급하게 사람을 구하는 일은 새벽 4시에서 6시 사이에 시작하는 청소 일이 대부분이었다. 일단 경제적인 어려움에서 벗어나기까지 가능하면 돈 버는 일에만 집중하기로 마음먹었다. 먼저 새벽에 청소 일을 하고 청소가 끝나는 시간에 맞추어 일을 하나 더 구해 투잡을 할 예정이었다. 위치, 시간, 시급 등을 고려해 일단 세 곳의 후보를 뽑았다.

　"안녕하세요? 3일 전에 워킹 홀리데이로 시드니에 도착한 남매입니다. 호주나라에서 구인 광고 보고 연락 드렸습니다."

　"남매요? 남매나 커플은 그만둘 때 같이 그만둬서 별론데. 청소 일은 해 본 적 있으세요?"

대부분의 전화 인터뷰는 비슷한 식으로 진행되었다. 우리가 남매라는 사실과 청소 일을 한 번도 해 보지 않았다는 사실이 별로 내키지 않는 듯했지만 '급구'라는 구인 광고에서 예상할 수 있듯, 대부분은 일단 만나서 인터뷰를 해 보자고 말했다.

다음 날 아침 8시, 우리는 캔터베리에 있는 'RSL CLUB'으로 향했다. 구글 지도를 통해 검색해 보니 캔터베리 RSL 클럽은 우리 집 바로 앞 버스 정류장에서 491번 버스를 타면 20분 정도 걸리는 가까운 거리에 있었다. 버스에서 내리자마자 길 건너에 'CANTER-BURY-HURLSTONE PARK RSL CLUB'이라고 쓰여 있는 커다란 간판이 보였다. 건물 입구에 들어서자 안내 데스크에 앉아 있던 검은 양복을 입은 덩치 큰 시큐리티 가드 두 명 중 한 명이 다가왔다. 청소 인터뷰를 보러 왔다고 말하자, 그 시큐리티는 어딘가로 무전을 보냈다. 얼마 지나지 않아 삼십대 중반 정도로 보이는 한국 사람 한 명이 입구를 향해 걸어왔다. 그는 어딘가 모르게 굉장히 지쳐 보였다.

"안녕하세요? 청소 인터뷰 때문에 왔습니다."

그는 자신을 이곳의 슈퍼바이저라고 소개했다. 그리고 인터뷰에 앞서 우선 우리가 청소해야 할 곳들을 먼저 함께 둘러보는 것이 좋겠다고 말했다.

그를 따라 입구 오른편에 있는 대문을 열고 안으로 들어섰다. 그곳에는 공연이나 강연 등을 할 수 있는 커다란 연회장이 있었다.

시드니 어쨌든 해피 엔딩

입구 정면에는 꽤 근사한 레스토랑, 1층 중앙에는 술이나 커피 등을 주문할 수 있는 바가 있었고 바 왼쪽으로는 앉아서 음식을 먹거나 커피, 술 등을 마시며 시간을 보낼 수 있는 여러 개의 테이블이 놓여 있었다. 그 앞으로는 카지노에 가면 흔히 볼 법한 수많은 게임 머신이 빽빽하게 늘어서 있었는데, 개인이 플레이할 수 있는 작은 머신뿐만 아니라 대형 스크린을 통해 가상의 딜러와 함께 플레이할 수 있는 공간도 마련되어 있었다. 1층만큼이나 지하 1층도 넓었다. 지하에는 식당, 사무실, 직원 휴게실, 당구 시설, 애니타임 피트니스 등이 있었다. 6명의 사람이 네 시간 동안 청소하기에는 분명 쉽지 않을 것 같아 보였다.

클럽 전체를 한 바퀴 구경시켜 준 뒤, 그는 우리를 카페 앞으로 데려갔다.

"어때요? 생각보다 크죠? 할 수 있겠어요?"

카운터 앞에 서서 세 잔의 아이스 라테를 기다리며 그가 물었다.

단순히 낯을 가리는 건지, 무언가 불편한 건지는 모르겠지만 그는 설명하는 내내 우리의 눈을 마주치지 못하고 계속해서 다른 곳을 보았다. 청소는 새벽 5시부터 9시까지 주 7일로 쉬는 날이 없다. 그리고 페이는 주에 400불. 하루에 보통 4시간씩 일하니까 한 시간에 대략 14.3불 정도로, 법적 최저 시급이 17불인 것을 감안하면 굉장히 낮은 시급이다. 통상적으로 매주 페이를 지급하는 호주의 시스템과 다르게 이곳은 한 달에 한 번씩 페이를 지급한다고 했다. 이렇게 한 달에 한 번씩 페이를 하게 된 이유는 갑작스럽게 아무런 예고도 없이 일을 나오지 않는 사람들 때문이라며 사장님의 방침이 그래서 자신도 어쩔 수 없다고 말했다. 딱히 괜찮은 조건은 아니었지만 우리에게 다른 선택지가 있는 것도 아니고, 어제 통화한 세 곳의 청소 사이트 중 새벽에 픽업을 해 주는 곳은 여기가 유일했기 때문에 일단 이곳에서 일을 시작하기로 했다.

짐 하나를 덜었다. 생각보다 그리 어렵지 않게 호주에서의 첫 일자리를 구했다. 아직도 해야 할 일이 많이 남아 있기 때문에 마음은 여전히 무거웠지만, 우리가 시드니에 있다는 설렘은 막연한 걱정보다 훨씬 더 컸다. 우리는 자축하는 의미로 기분 전환도 할 겸 곧바로 오페라 하우스로 향했다.

　비비드 시드니가 한창인 지금, 도시 전체가 갤러리가 된 듯 오페
라 하우스, 달링 하버, CBD, 록스 등을 중심으로 시드니를 대표하
는 랜드마크들은 저마다 화려한 불빛으로 수놓은 옷을 입고 아름
답게 빛이 났다.

　거리를 가득 메운 수많은 사람.

　우리는 지금 시드니에 있다.

드디어
이사!

마이크는 우리가 애쉬필드를 떠나지 않을 것이라는 소식에 기뻐했다. 처음 이곳에 왔을 때는 딱히 눈에 띄는 매력을 찾아볼 수 없는 이 동네에 정착하게 되리라고는 정말 한 번도 생각하지 못했는데, 운명이란 것이 존재하기는 하나 보다. 우리는 가끔 마이크의 집에 놀러 와 아이들과 함께 시간을 보내고 짜장라면을 만들어 먹기로 약속했다. 여행은 만남과 이별을 반복하는 것. 벌써 정이 들어 버렸는지 시드니에서 우리의 첫 번째 보금자리를 떠난다는 사실이 꽤나 아쉬웠다.

짧았던 호주에서의 첫 인연을 뒤로하고 우리는 48 프레더릭 스트리트로 향했다. 걸어서 20분밖에 걸리지 않는 거리지만 마이크는 흔쾌히 자신의 차로 누나와 나의 이사를 도와주었다. 마이크의 도움으로 완전히 부서져 버린 캐리어 바퀴에 대한 걱정 없이 손쉽게 이사를 할 수 있었다. 벨을 누르자 아미르가 밖으로 나와 짐 옮기는 것을 도와주었다. 거실에는 두 마리의 작은 고양이들은 여전히 정신없이 온 집 안을 휘저으며 뛰어다니고 있었고, 프란체스카는 특유의 밝고 활기찬 목소리로 우리를 반겨 주었다. 새콤한 토마토소스 향이 가득한 주방에서는 이탈리아 시칠리아에서 온 안토리오와 포를리에서 온 타냐가 파스타를 만들고 있었다.

　방문을 열자 침대 시트와 베개, 이불이 마치 호텔처럼 깔끔하게 정리되어 있었고, 침대 옆 작은 서랍장 위에는 꽤 오랫동안 켜 놓은 듯한 양초가 타고 있었다. 프란체스카를 바라보며 엄지손가락을 세우자 그녀는 흐뭇한 미소를 지었다. 앞으로 우리가 살게 될 이 방은 이 집에 있는 다른 방보다 주에 60불이나 저렴했다. 원래 거실의 한 부분을 개조해서 만든 듯한 이 방이 다른 방보다 저렴한 데에는 방음, 방열, 크기 등 여러 가지 이유가 있었지만, 그럼에도 불구하고 누나와 나는 이곳이 무척이나 마음에 들었다.

　짐 정리를 하는 사이 거실에서부터 새로운 사람들의 목소리가 들려왔다. 큰 키의 영국 미남 폴과 작고 귀여운 다니엘은 강한 영국 악센트로 누나와 나에게 인사를 건넸다. 그들이 바로 두 이탈리아 커플들과 더불어 이 집에 살고 있는 마지막 한 커플이었다. 마치 영국 드라마를 보는 듯, 태어나서 처음 만나는 영국 사람들의 말소리는 한 마디, 한 마디가 신기하게 들렸다.

"너희 말투 정말 멋지다!"

남자답게 잘생긴 외모와는 다르게 폴은 하이 톤의 웃음소리를 내며 좋아했고 다니엘은 그런 반응이 익숙하다는 듯 미소 지었다.

우리의

두 번째 일자리

이른 새벽부터 일어나 청소를 마치고 집에 도착한 우리는 밥을 먹고 설거지를 끝내기가 무섭게 침대 위에 눕자마자 시체처럼 뻗어 버렸다. 그리고 열 시간을 넘게 잔 끝에 저녁 아홉 시가 다 돼서야 눈을 떴다. 배가 고프다는 나의 말에 누나는 냉장고에서 며칠 전 사다 놓았던 재료들을 꺼내 해물파전과 김치전을 만들어 주었다. 웬일인지 호주에 온 뒤로 누나는 요리에 취미가 생긴 듯 먹고 싶은 것을 말하기만 하면 뚝딱 만들어 냈다. 한국에 있을 땐 라면을 끓이는 것조차 항상 내 몫이었는데, 누나가 요리를 이렇게 잘하는지 시드니에 도착하기 전까지는 정말 몰랐다. 우리는 거실에서 혼자 TV를 보고 있던 아미르를 불러 파전 세 판, 김치전 세 판, 총 여섯 판을 눈 깜짝할 사이에 해치웠다. 아미르는 한국 음식이 입맛에 딱 맞나 보다. 매운 음식을 좋아하는 그는 며칠 전엔 누나가 만들어 준 떡볶이를 먹고 떡볶이와 결혼하고 싶다고 했다. 밥을 먹고 난 후 우린 밤늦은 시각까지 침대 위에 누워 스마트폰을 만지작거리다가 자정이 한참 넘어서야 잠이 들었다.

　새벽 네 시.

　알람 소리에 눈을 떴다. 샤워를 하고 주섬주섬 옷을 입고 밖으로 나가 집 앞에서 기다리고 있던 슈퍼바이저의 자동차에 올라탔다. 일터에 도착해 옷을 갈아입고 이어폰을 꽂은 채로 아무 생각

없이 멍하니 청소기를 돌리고 걸레질을 했다. 일을 마치고 온 후에는 어제와 마찬가지로 곧바로 침대에 몸을 던졌고, 느지막히 일어나 저녁을 먹었다. 오늘은 간단히 우유에 시리얼을 말아 먹고 구운 식빵에 누텔라를 발라 먹었다. 그리고 오늘도 어김없이 침대 위에 누워 휴대 전화를 만지작거리다가 새벽 두 시가 넘어서야 잠이 들었다.

이렇게 이틀을 보낸 후 우리는 본격적인 일자리 찾기에 돌입했다. 누나가 호주 생활에 어느 정도 적응할 때까지는 누나와 함께 일을 할 예정이었다. 딱히 영어 실력을 필요로 하지 않는 단순 노동직들 중 나는 그나마 흥미가 가는 세차 일을 하는 것이 좋을 것 같다고 생각했고, 누나도 나의 생각에 동의했다. 뭐 언젠가 차는 살 테고, 세차를 전문적으로 배워서 잘하게 된다면 좋을 것이라는 말로 우리가 할 수 있는 일 중 최선은 세차라고 합리화했다. 30분 정도 검트리에 검색한 끝에 사람을 구하는 몇몇 세차장을 찾아 메시지를 보냈다. 밥을 먹고 TV를 보며 한가로이 시간을 보내던 중, 드러모인과 라이카드에 있는 세차장으로부터 인터뷰를 오라는 연락을 받았다.

다음 날 아침.

첫 번째, 드러모인에 있는 세차장에 도착했다. 사장님을 포함해 일하는 사람 대부분은 레바니즈인 듯했다. 이유는 모르겠지만 호주에는 레바논에서 온 사람들이 정말 많다. 시급은 한 시간에 13불. 한국 사람들만 최저 시급을 안 지키는 줄 알았는데 실상은 그렇지만도 않은가 보다. 어찌 된 영문인지 직원들의 표정이 한결같이 딱딱하고 어두웠다. 짧았던 인터뷰를 끝내고 다음 장소로 향했다.

　두 번째, 라이카드 마켓플레이스는 꽤 커다란 쇼핑센터였다. 입구 앞, 카트를 정리하고 있던 남자에게 세차장이 어디 있는지 물었다. 그의 설명에 따라 몰 중앙에 있는 계단을 통해 아래층으로 내려갔다. 아래층에는 브렉퍼스트 전문점, 스시집, 케밥집, 서브웨이 등이 모여 있는 푸드 코트가 있었다. 인터뷰가 끝나면 누나와 함께 케밥을 먹어야겠다고 생각했다. 어느 순간부터 케밥은 시드니에서 내가 가장 좋아하는 음식이 되었다. 푸드 코트를 지나 주차장으로 빠져나오자마자 주차장 중앙에 'Steam Power'라는 커다란 간판이 보였다. 주황색 유니폼을 입고 바삐 움직이고 있는 무리 중 한 명에게 다가가 인터뷰를 하러 왔다고 말했다. 그러자 그들 중 한 명이 다가와 우리에게 인사를 건넸다. 한국 사람이 분명했다. 메시지를 계속 영어로 주고받았기 때문에 한국 사람이 있을 거라고는 전혀 예상하지 못했다.

　"안녕하세요. 한국 분이시죠?"

　이곳의 시급은 우선 12불부터 시작해서 트레이닝하는 동안 2주에 1불씩 올라가 4주 뒤부터는 14불이 된다고 했다. 우리가 할 수 있는 일 중 최저 시급을 맞춰 주는 일을 찾기는 쉽지 않아 보였다. 만족할 만한 조건은 아니지만 이곳의 분위기가 마음에 들었다. 그리고 무엇보다 한국인 매니저님을 포함해 함께 일하는 직원들도 하나같이 모두 좋은 사람들 같았다. 내일부터 당장 일을 시작하기로 했다.

　우리는 이렇게 쉽고 빠르게 두 번째 일자리를 구했다.

식스 팩을
위하여

일을 마치고 클럽 입구에 섰다. 새카맣게 어두운 구름으로 가득 찬 하늘에서 비가 억수 같이 쏟아졌다. 멈출 기미가 보이지 않았다. 세차장으로 가기 위해 밖으로 나가 버스 정류장으로 향했다. 누나와 함께 신발이 흠뻑 젖은 채로 버스를 기다리던 중, 갑자기 전화벨이 울렸다.

"오늘은 비가 많이 와서 손님이 없을 것 같아요. 오늘 쉬고 내일 봐요."

생각보다 비가 많이 내리는 호주의 겨울, 세차 일은 날씨에 영향을 많이 받기 때문에 출근하기 전 우린 간혹 이런 전화를 받았고, 일을 하던 중 갑자기 폭우가 쏟아져 손님이 끊기면 원래 정해진 쉬프트보다 일찍 돌아가야 하는 날이 생기기도 했다. 심지어 함께 일하는 조단은 갑자기 내리는 폭우에 우산도 없이 온몸이 다 젖은 채로 일터에 도착하자마자 다시 다운타운에 있는 집으로 돌아가야 했던 적도 있다.

오늘 하루 돈을 벌지 못한다는 불안감과 모처럼 예상치 못한 휴일을 맞이하게 되었다는 행복감이 교차했다.

버스에서 내린 후 우린 애쉬필드 몰 맞은편에 있는 케밥집에 들러 스낵 팩 하나를 나누어 먹었다. 여전히 바람은 세차게 불었고 길 건너로 보이는 커다란 나무는 부러질 듯 바람에 흔들렸다. 어차피 이렇게 된 이상 우리는 더 이상 마음 쓰지 않고 갑작스럽게 찾아온 휴일을 마음껏 즐기기로 했다. 집으로 돌아가 떡볶이를 만들어 먹고 영화를 볼 계획으로, 비가 살짝 그친 틈을 타, 누나와 함께 애쉬필드 몰 지하에 있는 중국 마트에 들러 떡볶이 재료와 바나나, 우유 등 식료품을 샀다. 우유, 물 등 무거운 것은 최대한 백팩에 쑤셔 넣었다. 그리고 양손 한가득 커다란 비닐봉지를 든 채밖으로 나왔다. 집으로 향하는 길, 비가 다시 내리기 시작했고 중간쯤 왔을 땐 비바람이 몰아쳤다. 집에 도착했을 땐 누나와 나 둘다 물에 빠진 생쥐 꼴이 되었다. 거실에 앉아 컴퓨터를 하고 있던 아미르는 머리부터 발끝까지 젖은 우리의 상태를 보고 도대체 무슨 일이 있었냐며 웃음을 터뜨렸다. 따듯한 물로 샤워를 한 후 거실 TV 앞에 앉아 아미르와 함께 누나가 만들어 준 불닭볶음면과 떡볶이를 함께 먹었다. 불닭볶음면을 먹고도 더 매운 음식을 원한다는 그를 위해 우리는 다음 주에 에핑에 있는 닭발집에 가기로 했다. 오늘도 아미르는 "떡볶이와 결혼할 거야."라고 말했다.

배가 찬 우리는 영화를 보기는커녕 방으로 들어가 침대에 눕자마자 곧바로 뻗어 버렸다. 그리고 저녁 일곱 시가 넘어서야 눈을 떴다. 한참을 자고 일어나서 그런지 에너지가 넘쳐 흘렀다.

"제이, 오늘부터 운동 시작할까?"

방문을 열고 나가자마자 아미르가 물었다.

이번 여행에 앞서 세운 몇 가지 목표 중 하나는 '식스 팩 만들기'였다. 애쉬필드로 이사 온 첫날 밤, 짐을 정리하고 거실 소파에 앉아 TV를 보고 있던 그에게 같이 운동을 하자고 했던 것이 생각났다.

서머힐에 있는 짐으로 향했다. 깜깜한 주택가에 차를 세우고 안으로 들어가기 전, 우리는 스마트폰을 통해 웹 사이트에 들어가 프리 트라이얼을 신청했다. 시드니에 있는 짐들 대부분은 3일에서 길게는 일주일 정도의 프리 트라이얼을 제공한다. 문을 열자마자 머슬 잡지에서나 보던 우락부락한 몸을 가진 여자 트레이너가 다가왔다. 깜짝 놀랐지만 태연한 척 그녀가 건네준 종이에 인적 사항을 적고 운동 목표와 건강 상태 등을 묻는 간단한 설문지를 작성했다. 이제부터 우리는 일주일간 직원들이 상주하는 시간이면 언제든 무료로 이곳을 이용할 수 있게 되었다. 아미르는 가방에서 허리에 찰 수 있는 체인벨트를 꺼내 원판 50킬로를 걸고 턱걸이를 하더니 140킬로 벤치 프레스를 했다. 고등학교 때까지 복싱 선수였던 아미르는 어린 시절 항상 마른 편이었는데, 뉴욕에서 지내는 2년 동안 매일 참치 통조림과 계란을 먹으며 이렇게 몸을 키웠다고 했다. 겨우 원판 20킬로를 달고도 젖 먹던 힘까지 짜냈지만 마지막

하나를 올라가지 못하고 있는 내 옆에서 그는 아무렇지 않다는 듯 벽에 기대어 물구나무를 선 채로 팔 굽혀 펴기를 했다.

그날 이후, 파이브 덕에 있는 '핏 앤 패스트 플러스'에 등록하기까지 우리 둘은 다운타운, 매릭빌, 스트라스필드, 뉴 타운, 어디든 가릴 것 없이 프리 트라이얼을 이용해 두 달가량 시드니 전 지역의 짐을 다 돌았다. 지금 생각하면 정말 대단한 열정이다.

긴 여정 끝에 우리가 '핏 앤 패스트 플러스'에 정착하기로 한 이유는 여러 가지가 있었다.

첫 번째, 깔끔한 시설과 집에서 가까운 거리.

이곳의 시설은 시드니에 있는 어떤 짐과 비교해도 손색이 없었다. 그리고 차를 타고 집에서 5분 정도밖에 걸리지 않는 거리에 있다는 장점이 있었다.

두 번째, 수영장과 사우나.

핏 앤 패스트 플러스에서는 수영장과 사우나를 무료로 이용할 수 있었다. 우리는 정말 단 하루도 빠지지 않고 사우나를 했다. 한국 사람들만 사우나를 좋아하는 것은 아닌가 보다. 매일 같은 시간, 사우나에는 같은 사람들이 모였다. 그리고 주말이면 운동을 마치고 수영을 즐겼다.

마지막으로 가장 중요한 이유는 몽키 바였다.

우리는 단 하루도 빠짐없이 몽키 바에 매달려 왔다 갔다 반복하거나 팔을 이용해 다른 바로 점프를 해서 넘어가는 등 맨손 운동을 했다. 얼마 후, 매일같이 그곳에 매달려 운동하는 우리 둘은 이 짐에서 꽤 유명해졌다.

처음엔 청소와 세차가 끝나고 난 후, 매일 저녁 하루도 빠짐없이 운동하기가 쉽지 않았다. 그런데 언제부턴가 아무리 힘든 하루를 보내도 운동을 하는 것은 습관이 되었다. 우리는 토요일과 일요일을 제외하고는 매일 저녁 같은 시간이 되면 짐으로 향했다.

식스 팩을 위하여.

아미르는 얼마 후 시드니에서 개최될 닌자 워리어에 나갈 것이라는 계획을 가지고 있었다. 그리고 나도 그를 따라 지원하기로 했다. 닌자 워리어가 가까워지면서 우리는 점점 더 열심히 운동했다. 한 시간이 넘게 걸려 온라인 지원서를 작성하고, 지원 영상까지 찍어 가며 참가 접수를 했지만 결국엔 우리 둘 다 선택되지 않았다. 나는 어차피 TV에 얼굴 한 번 나오자는 목적으로 별생각 없이 지원했기 때문에 실망하지 않았지만, 진심으로 우승을 원했던 아미르는 굉장히 아쉬워했다. 닌자 워리어에 나가겠다는 꿈은 좌절되었지만, 그 후에도 우린 하루도 빠짐없이 몽키 바에 매달려 하루를 마무리했다.

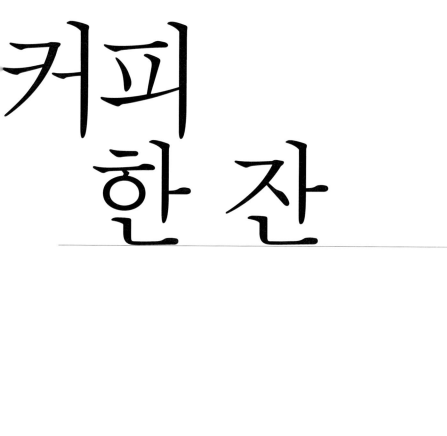

커피 한 잔

04:00 기상

04:30 출근

05:00 청소 시작

09:00 청소 끝

10:30 세차 시작

18:00 세차 끝

20:00 저녁 식사

21:00 운동

　　　　　네 시에 일어나 샤워를 마치고 누나를 깨운다. 누나가 샤워를 하는 사이 나는 프로틴 파우더와 냉동 과일을 갈아 마시고 누나가 마실 주스도 갈아 놓는다. 집을 떠나기 전, 청소가 끝나고 세차를 하러 가는 길에 먹을 바나나 세 개와 초코우유 두 개를 백팩에 넣는다. 새벽 네 시 반이 되면 슈퍼바이저가 집 앞에 도착한다. 투 도어인 그의 폭스바겐 폴로 뒷좌석에 타기 위해 오늘도 조수석 의자를 접는다. 청소가 끝나면 RSL 클럽 건너편에 있는 버스 정류장으로 가서 버스를 기다린다. 운이 좋게도 보통 10분 정도 기다리면 라이카드 마켓플레이스 바로 앞까지 가는 445번 버스가 온다. 30분 정도 버스에서 꾸벅꾸벅 졸다 보면 마켓플

　　　　　시드니 어쨌든 해피 엔딩

레이스 앞에 도착한다. 몰 안에 있는 카페에서 커피 한 잔을 사 들고 일터로 향한다. 세차가 끝나면 마켓플레이스 입구 바로 옆에 있는 정류장에서 단 한 번도 제시간에 오지 않는 버스를 하염없이 기다린다. 라이카드에서 애쉬필드로 돌아가기 위해선 환승을 해야 한다. 걸어가도 한 시간 정도면 충분한 거리가 버스를 타면 한 시간 반이 걸린다. 일이 일찍 끝나는 날에는 집까지 걸어가기도 하지만 깜깜한 밤에 한 시간이나 어두운 밤거리를 걷는다는 것은 무리가 있다. 집에 도착하면 보통 일곱 시 반에서 여덟 시가 된다. 여덟 시가 넘어 저녁을 먹는다. 그리고 아홉 시쯤 아미르와 함께 짐에 간다. 짐에서 한 시간 내외의 짧고 굵은 트레이닝을 끝내고 집에 돌아오면 열한 시가 다 되어 간다. 샤워를 마치고 침대에 눕는 순간 잠에 든다. 이러한 일정에도 불구하고 우리의 체력은 아직 여전하다. 매 주말이면 룸메이트들과 잘 놀러 다닌다. 심지어 토요일 밤에는 새벽까지 다운타운에서 놀다가 술에 취한 채로 택시를 타고 새벽 청소를 하러 간 적도 있다. 매일 밤 자기 전 우리는 서로에게 파스를 붙여 준다. 누나는 쭈그려 앉아 청소하는 일이 많은 탓에 무릎이 점점 안 좋아진다고 하고, 나는 청소기와 스팀 호스를 종일 잡고 있는 탓에 아침마다 오른쪽 검지손가락이 펴지지 않는다. 그런데도 뭐가 그리 즐거운지 우리의 얼굴에는 웃음이 떠나지 않는다. 시드니가 부리는 어떤 마법이 있음이 분명하다.

불가능해 보이지만 이것이 누나와 나의 요즘 스케줄이다. 우리가 이 모든 걸 해내고 있다는 사실 자체가 신기하기만 하다. 그래도 아직까진 할 만하다. 경제적인 상황이 나아질 때까지 최소한 두 달 정도는 이렇게 계속 투잡을 할 생각이다.

오늘 아침에도 여전히 제시간에 해가 떴다.

새벽 다섯 시, 우리는 각자 맡은 구역으로 가 청소를 시작했다.

아래층 청소를 마치고 1층으로 올라와 흡연 구역 테이블에 앉아 쉬고 있는데, 바리스타로 일하는 직원 한 명이 옆자리에 앉아 담뱃불을 붙이며 나에게 말을 걸었다. 어려 보이지만 또 그다지 어린 것 같지도 않은, 큰 키에 호리호리한 체격을 가진 호주 청년은 어젯밤 술을 너무 많이 마신 탓에 피곤하다고 말하며 얼음이 가득 들어 있는 커피 한 잔을 쭉 들이켰다. 그는 담배를 다 태운 후 나에게 커피를 마시고 싶은지 물었다.

바 앞에 도착하자 그는 나에게 아이스 라테 한 잔을 타 주며 이곳에서 일하는 사람들에게는 언제든 커피를 만들어 줄 수 있으니 매일 아침 이곳에 와서 커피를 마셔도 좋다고 했다.

"누나, 커피 한 잔 마실래? 내가 쏠게."

클럽을 떠나기 전, 누나와 나는 바에 가서 라테 두 잔을 부탁했다. 그날 이후, 일을 마치고 세차장으로 향하기 전 나는 누나와 함께 자연스럽게 카페에 가서 커피를 주문했다. 그리고 함께 일하는 재협이와 영섭이에게도 이 사실을 말해 주었다.

그렇게 일주일 정도 지난 어느 날, 아침 청소를 마치고 나오는 길에 누나가 화가 난 목소리로 어이없다는 듯 말을 이어갔다.

"아니, 커피 있잖아. 슈퍼바이저가 갑자기 3개월 이상 일한 사람들만 커피를 마실 수 있다는 거 있지. 아까 너 재협이랑 아래층에 쓰레기 버리러 갔을 때 사람들한테 그러더라."

"3개월? 무슨 소리지."

이 상황이 도무지 이해가 가지 않았다.

슈퍼바이저가 이곳에서 가장 오래 일하고 있던 두 사람과 함께 커피잔을 들고 돌아다니던 모습을 몇 번 본 적이 있다. 바리스타는 한 잔의 커피가 이곳에서 함께 일하고 있는 모두의 암묵적인 권리인 듯 나에게 먼저 언제든 커피를 마시러 오라고 말했다.

도대체 커피 한 잔이 뭐라고 그들은 왜 스스로 단계를 나누고 더 낮아지려고 하는가.

다음 날 아침, 슈퍼바이저에게 찾아가 커피를 마시게 된 데에 대한 자초지종을 설명했다. 그는 당황스러운 표정으로 바리스타와 그런 대화가 오고 갔는지 몰랐다며 미안하다고 말했다.

우리가 커피를 마시지 못할 이유는 사실 존재하지 않았다.

그렇게 슈퍼바이저를 포함한 총 일곱 명은 매일 아침 별거 아닌 커피 한 잔을 즐길 수 있게 되었다.

고난의
시작

새벽에 하는 일은 그저 청소하는 기계처럼 움직이는 것이 전부지만, 더러웠던 차를 한 대씩 짧은 시간 동안 힘을 합쳐 깨끗하게 만드는 것은 생각보다 재미있고 보람 있는 일이었다.

　'스팀 파워'라는 세차장 이름답게 우리는 뜨거운 스팀을 이용해 세차를 한다. 우선, 차가 들어오면 오른손으로는 호스를 잡고 스팀을 뿌리는 동시에 왼손으로는 장갑 모양으로 된 걸레를 이용해 차를 문지른다. 여기에서 중요한 것은 흙이나 먼지가 남아 있는 상태에서 차를 문지르지 말 것. 흙먼지가 남아 있는 상태에서 차를 문지르면 차에 손상이 생길 수도 있기 때문에 항상 스팀을 먼저 사용하고 그 후에 장갑으로 흙먼지를 제거한다. 다른 한 사람이 스팀이 지나간 자리를 따라가면서 세제를 이용해 닦아 내면 다시 한번 더 전체적으로 스팀을 뿌려 준다. 그러는 동시에 나머지 한 사람은 차 내부의 쓰레기들과 먼지를 진공청소기로 빨아들인다. 그리고 젖은 걸레와 마른걸레를 이용해 차 내부를 닦고 유리창을 깨끗이 닦는다. 마지막으로 마른걸레를 가지고 전체적으로 드라이를 하며 마무리한다. 이 마무리 단계에서 고객이 선택한 옵션에 따라 왁스를 바르기도 한다. 그리고 자동차를 새 차처럼 보이게 해 주는 '타이어 샤인'이라는 스프레이로 타이어에 광을 내면 완성.

누나는 매니저님의 지시에 따라 인테리어를 중점적으로 맡아 함께 깨끗한 차를 완성했다. 차의 발판을 밟고 올라가 몸을 지탱한 채로 한 손엔 뜨거운 스팀 호스를 들고, 다른 한 손으로는 지붕을 닦아야 하는 일도 있었기 때문에 매니저님은 누나를 배려해 누나가 가장 잘할 수 있는 일을 배정해 주었다. 가끔은 TV에서나 보던 멋지고 비싼 차들이 오기도 했는데, 세차를 하며 그런 차들을 구석구석 살펴보는 것도 꽤 즐거운 일이었다. 누나와 나는 별거 아닌 것들에 소소한 기쁨을 느끼며 체력적으로 쉽지 않은 일임에도 불구하고 꽤 잘 적응해 나갔다. 모든 것은 물 흐르듯 자연스럽게 흘러갔다. 하지만 얼마 지나지 않아 이렇게 모든 것이 순조롭게 진행되는 것 같던 우리의 삶에 빨간불이 들어왔다.

이 모든 일은 매니저님이 한국으로 휴가를 간 사이 시작되었다.

매니저님이 휴가를 떠난 후, 3년째 이곳에서 일한 카이슈가 매니저 역할을 대신하게 되었다. 처음엔 매니저님이 있을 때와 별 차이가 없는 듯했지만, 주말이 되어 손님이 많아지자 하나둘씩 문제가 생겼다. 매니저님이 떠난 후 전체적인 상황을 살펴보며 역할을 지정해 주는 사람이 사라졌고 동선이 꼬이면서 자연스럽게 팀워크가 깨지기 시작했다. 그렇게 우리가 세차를 마치는 시간은 평소보다 조금씩 늦어졌다. 역할을 지정해 주는 사람이 없으니 누나는 차 내부뿐만 아니라 누나가 하기에 조금 어려울 수 있는 일도 해야만 하는 상황이 생겼다. 누나와 나는 최대한 열심히 일하며 매니저님이 돌아오기만을 기다렸지만, 얼마 후 이것은 의미 없는 기다림이 되었다. 정확한 이유는 모르겠으나 매니저님과 카이슈의 시급 차이가 꽤 많이 났던 모양이다. 사장님은 일주일에 두세 번 정도 잠깐씩 세차장에 들르곤 했는데, 매니저님 없이도 세차장이 돌아가는 모습을 보고 이참에 매니저님을 해고할 계획을 세웠다.

시간이 흐르면서 우리에게 진짜 위기가 찾아왔다. 비가 오는 날이 점점 많아졌고, 누나는 쉬프트에서 제외되는 1순위가 되었다. 그렇게 누나가 일하는 날은 일주일에 5일에서 3일, 그리고 3일에서 하루, 이틀로 점점 줄어들었고, 우리의 생활은 어려워져만 갔다. 그리고 엎친 데 덮쳐 매니저님이 떠난 후로는 페이가 짧게는 3~4일에서 길게는 일주일 이상 밀리기 시작했다.

결국 우리는 이제 겨우 모으기 시작한 돈을 조금씩 꺼내 써야 할 수밖에 없는 지경에 이르렀다.

유난히 푸르던 하늘

어느 토요일 오후, 라이카드 마켓플레이스 앞. 버스는 30분을 기다려도 오지 않았다. 우린 그냥 걷기로 했다.

너무나도 푸르고 유난히 낮았던 하늘, 오르막길을 계속 걷다 보면 마치 구름에 닿을 듯한 느낌이 들었다. 누나와 함께 집까지 한 시간을 넘게 걸었다. 즐거운 일이 있을 때면 세상 누구보다 행복한 표정으로 그 기분을 만끽하고, 슬픈 일이 있을 때면 온몸으로 슬픔을 표현하는 우리 누나인데 요즘은 웬일인지 감정 표현이 잘 없다.

누나는 말했다.

"너는 동생이고, 나는 누나잖아. 나는 너에게 언제든 기대고 의지할 수 있는 누나이고 싶었어. 그런데 호주에서는 그렇게 되질 않는다. 그냥 고맙고, 미안해. 그나저나 우리 계속 일도 줄고, 어떻게 하냐."

"누나, 즐거운 일, 때로는 어려운 일들이 쌓여서 우리 이렇게 어른이 되나 보다. 걱정 마. 어쨌든 해피 엔딩일 테니까."

'어쨌든 해피 엔딩.'

힘든 일이 있을 때면 항상 내 마음속에 떠오르는 이 말은 큰 힘이 된다.

새 출발

우리가 호주에 온 지 벌써 두 달 가까운 시간
이 흘렀다. 길지 않은 시간이었지만 어느 정도 돈이 모였다. 우리
는 이제부터 주말에는 일을 하지 않는 게 좋을 것 같다는 결론을
내렸다. 주 7일 동안 매일같이 새벽에 나가야 하는 일은 아무래도
무리였다.

　며칠 후, 누나와 나는 새벽 청소 슈퍼바이저에게 일을 그만두겠
다는 노티스를 주었다.

　"혹시 2주 뒤에도 사람이 안 구해지면 조금만 더 일해 줄 수 있
어요?"

　새벽 청소는 일의 특성상 항상 사람이 부족했다. 새벽 시간에 일
할 사람을 구하는 것도 쉽지 않은데, 몇몇 사람은 일을 시작하고
일주일이 채 되지 않아 못하겠다며 그만두었고, 멀쩡하게 일하던
한 사람은 무슨 일인지 페이를 받자마자 아무런 연락 없이 잠수를
타기도 했다. 주 7일, 매일 아침 새벽에 나오는 이 일은 누구에게
나 쉽지 않은 일이었고, 누나와 나처럼 초기에 돈이 필요한 사람들
이 잠시 지나치는 일자리일 뿐이었다.

　사실 미리 얘기만 한다면 아무 문제가 없지만, 사람이 구해지
지 않는 이 와중에 둘이 함께 일을 그만둔다는 사실이 마음에 걸
렸다.

"석진아, 걱정 마. 누나가 한번 구해 볼게."

그만둔다는 노티스를 주고 세차장으로 향하는 길, 누나가 나에게 말했다.

큰 기대를 하지 않았지만 어쩐 일인지 다음 날부터 몇몇 사람에게 연락이 오기 시작했다. 심지어 이틀 뒤에는 새로운 사람이 출근했다. 그리고 그다음 날에도, 또 그다음 날에도 새로운 사람이 찾아왔다.

슈퍼바이저는 그토록 구하기 어렵던 사람이 너무 쉽게 구해지는 상황에 놀라움을 감추지 못했고, 이 이야기는 사장님에게까지 들어갔다.

며칠 후, 일을 마치고 옷을 입고 있는데 한국인 아저씨 한 분이 이곳에 찾아왔다. 그는 자신을 이 청소 업체의 사장이라고 소개한 후, 누나와 나를 따로 불렀다.

"내가 듣자 하니, 네가 사람을 그렇게 잘 구한다며. 어떻게 구했니? 그리고 동생은 영어를 할 줄 안다고 하고, 나랑 같이 일해 볼래?"

사장님은 둘 다 시급 20불을 줄 테니 다른 청소 사이트에서 우리 둘이 공동 슈퍼바이저가 되어 일을 맡아서 해 보라는 솔깃한 제안을 했다.

사장님이 떠난 후, 슈퍼바이저가 말했다.

"새벽같이 나와 청소하는 사람들 시급이 왜 14불 정도인 줄 알아요? 'TJS'라는 큰 청소 업체에서 여기 RSL 클럽이든 울월쓰든 계약을 따내고 그다음에는 더 낮은 가격에 청소를 해 줄 사람들을 찾아요. 그리고 그 계약을 따낸 사람이 저 사장님인 거고. 이제 사장님이 얼마를 떼 가면 그다음 일하는 사람들에게 주는 돈이 14불이 되는 거지."

저 말이 사실이라면 청소 일 하나에 도대체 몇 명의 사람이 숟가락을 얹는 것인지 모르겠다. 이제야 왜 해가 뜨기도 전에 일을 시작하는 우리가 최저 시급에도 한참 못 미치는 14불을 받는 것인지 이해가 갔다.

이제 막 호주에서의 삶을 시작한 우리에게 사장님의 제안은 달콤한 유혹이 아닐 수 없었다. 아주 잠시 그의 솔깃한 제안에 흔들렸으나 어찌 됐든 매일 아침 주 7일 일하는 것은 아닌 것 같다는 결론을 내렸다. 누나와 나는 거의 두 달 동안 계속된 주 7일의 삶에 지쳐 가고 있었고, 주말 없이 이 일을 워킹 홀리데이가 끝나는 순간까지 계속한다는 상상만으로도 진절머리가 났다.

'말씀은 감사하지만 죄송합니다.'

사장님께 메시지를 보냈다.

우리는 어느 정도 경제적인 어려움에서 벗어났고, 이제는 또 다른 일자리를 찾아 떠날 때가 되었다.

새벽 청소어 안녕.

인터뷰

얼마 후, 누나는 불규칙한 세차 일을 그만두었
다. 누나가 일자리를 그만두고 나서부터는 나 혼자 세차장에서 버
는 돈으로 둘이 함께 생활해야 했다. 내가 세차장에서 벌어오는
700불 정도의 주급으로는 미친 시드니의 방세와 우리 둘의 생활비
를 감당하기엔 역부족이었고, 우리의 경제 상황은 자연스레 날로
어려워져 갔다. 어쩌다 갑자기 비가 내려 홀로 남은 나마저도 쉬프
트가 일찍 끝나는 날엔 쉴 수 있다는 달콤함보다 돈을 벌 수 없다
는 불안감이 먼저 밀려왔다. 누나도 떠났고 더 이상 세차장에 남
아 있을 이유도 없었기 때문에 나는 날씨에 영향을 받지 않는 안
정적인 일자리를 찾아 떠나기로 마음먹었다. 조금이라도 더 많은
돈을 벌기 위해 주로 시급이 비교적 높은 건설 현장이나 웨어하우
스 위주로 이력서를 보냈고 그중 몇 군데에서 인터뷰하러 오라는
연락을 받았다.

오늘 면접을 보게 된 일자리는 가구 창고에서 가구를 싣고 가정
집이나 가구점으로 직접 가구를 배달하는 일이었다. 모처럼 누나
와 함께 트레인을 타고 센트럴역으로 향했다. 그러고 보니 처음 시
드니에 도착했을 때는 하루가 멀다 하고 매일 다운타운에 나왔었
는데 일을 시작한 후로는 이 시간에 다운타운에 나온 적이 단 한
번도 없는 듯했다. 오랜만에 보는 다운타운의 모습에 처음 이곳에

왔을 때의 설렘이 다시 느껴졌다. 센트럴역에서 내려 버스로 갈아 탄 후 10분쯤 걸으니 저 멀리 웨어하우스가 보였다. 직원이 건네 준 준 양식에 전화번호, 주소 등의 인적 사항을 작성한 후 그의 질문에 따라 경험 유무, 일할 수 있는 기간, 운전 실력 등에 대해 답했다. 인터뷰는 생각보다 간단했다. 인터뷰를 마치고 드라이빙 테스트를 하러 직원을 따라 밖으로 나갔다. 호주는 한국과 반대로 운전석이 오른쪽에 있어 기어 조작을 왼손으로 해야 한다. 한국에서 거의 3년 동안 수동 SUV를 몰았음에도 불구하고 마치 처음 수동 자동차 운전대를 잡았던 날처럼 심장이 떨렸다. 오르막길이 보이고 그 위에 신호등이 보일 때, 그리고 오르막길을 다 넘지 않았는데 신호등이 파란불에서 빨간불로 바뀔 때의 그 떨림은 수동 운전을 해 보지 않은 사람이라면 절대로 알 수가 없다.

다행히도 별다른 문제없이 인터뷰와 드라이빙 테스트를 무사히 마쳤다. 집으로 돌아오는 길, 누나와 함께 갑자기 쏟아지는 비를 피하기 위해 카페에 들어가 베이컨 시금치 키쉬와 따뜻한 아메리카노를 시켰다. 카페에 앉아 비 오는 다운타운 거리를 바라보고 있자니 시드니의 모습이 새롭게 느껴졌다. 오랜만에 또다시 여행자가 된 느낌이다. 이런저런 이야기를 나누던 중 누나는 갑자기 홈 청소를 하겠다고 말했다. 사람들에게 호주에서 가장 돈을 많이 벌 수 있는 일 중 하나가 홈 청소라는 사실을 들었다고 했다.

누나가 또 지루하고 육체적으로도 힘든 청소 일을 할 거라는 사실과 앞으로 떨어져 일해야 한다는 사실 때문에 마음이 편치 않다.

몇 번의 인터뷰 후, 파라마타로드에 있는 웨어하우스에서 합격 통지 메일을 받았다.

Thank you very much for offering.

I really appreciate that.

But, I got another job before this offer.

Sorry.

Sincerely yours

Sukjin Youn

누나 혼자 일을 한다는 것이 아직은 마음에 놓이지 않는다. 항상 씩씩하고 당당했던 우리 누나. 혼자서도 잘할 텐데 시드니에 온 뒤로는 왜 이리 걱정이 되는 건지 모르겠다.

로드 트립을 꿈꾸다

새카만 머리, 강렬한 눈빛, 이탈리안 특유의 손동작, 짙은 악센트. 처음 만난 사람들이라고 할지라도 누구든 단번에 그가 이탈리아에서 왔다는 것을 알 수 있을 것이다. 다비드는 내 주변을 둘러싼 이탈리아 사람 중 내가 생각했던 이탈리아 사람의 모습과 가장 닮아 있다.

다비드는 매주 금요일이 되면 커다랗고 오래된 픽업트럭을 타고 어김없이 애쉬필드에 나타났다. 그의 자동차는 조수석 문이 고장 나 열리지 않았고 비가 새는 하드톱은 방수 커버로 대충 덮여져 있었다. 게다가, 시동을 걸면 문 닫힌 방 안에서도 소리를 들을 수 있을 만큼 엄청난 굉음을 만들어 냈다. 매주 주말, 나와 아미르의 끈질긴 만류에도 불구하고 그는 추운 밤에도, 비가 오는 밤에도, 술에 취한 밤에도, 마당에 주차된 그 픽업트럭 트렁크를 열고 그 속으로 들어가 잠을 잤다.

다른 도시를 아무 데도 들리지 않고 간다고 해도 3,932킬로미터, 한 번도 안 쉬고 간다고 해도 하루 24시간하고도 17시간이 더 걸리는 대장정이었다. 워킹 홀리데이가 끝나고 이탈리아로 돌아가기 직전 그는 그 오래된 픽업트럭과 함께 시드니에서 출발해 캔버라, 멜버른, 애들레이드를 거쳐 퍼스까지 가는 총 2주 동안의 로드 트립을 계획하고 있었다.

　호주에 온 사람들은 모두 로드 트립을 꿈꾼다.

　애쉬필드에서 마지막 밤을 보내고 긴 여행을 떠나는 그의 뒷모습을 보며 워킹 홀리데이가 끝나고 한국으로 돌아가기 전 나도 꼭 로드 트립을 떠나리라 다짐했다.

차
사
기

"석진아, 우리 차 사는 거 어때? 장도 보고, 여행도 갈 수 있고, 또 홈 청소를 하게 되면 차가 필요하대."

　누나가 말했다.

　사실 누나는 호주에 도착한 순간부터 차를 가지고 싶어 했다. 장을 보고 난 후 애쉬필드 몰에서부터 양손 한가득 찢어질 듯한 비닐봉지를 들고 낑낑거리며 집으로 돌아오는 길이면 나도 물론 차를 사고 싶다는 생각이 가득 차올랐지만, 차가 생기면 불필요한 지출이 너무 많아질 것 같다는 생각에 항상 반대해 왔다. 하지만 시드니에 도착한 지 두 달이 흐른 지금, 계속되는 누나의 설득에 결국 차를 사기로 결정했다. 그렇게 우리는 전 재산을 털어 3,000불을 마련했다.

　우리가 찾고 있는 2,000불에서 3,000불대의 자동차들은 대부분 10년이 훌쩍 넘은 오래된 자동차들이었다. 30분 정도의 검색 끝에 아미르의 차와 똑같은 2006년식 시트로엥 C3, 그리고 1999년식 혼다 HRV의 소유주에게 메시지를 보냈다. 그날 저녁, 차가 있는 아미르와 안토니오에게 차를 구입하는 방법에 관해 조언을 얻은 후, 아미르의 차를 빌려 타고 누나와 둘이 버우드로 향했다.

　첫 번째 후보, 2006 시트로엥 C3, 3,300불.

　버우드 몰 바로 옆, 만나기로 약속한 장소에 남색 시트로엥 C3가 세워져 있었다. 어떤 걸 확인해야 할지 잘 모르겠지만 남들이 하는 것처럼 보닛을 열어 보기도 하고 플래시로 엔진 룸을 비춰 보기도 했다. 내가 운전대를 잡고 누나는 조수석에 탄 채로 그와 함께 버우드 몰 주위를 한 바퀴 돌았다. 그는 뒷자리에 앉아 원래는 차를 팔 생각이 없었기 때문에 얼마 전에 전체적으로 다 점검을 마쳤으며, 브레이크도 새것으로 갈았다는 등의 사실을 말해 주었다. 어찌 됐든 여러 가지 이유로 결국엔 차 가격을 깎아 줄 수 없다는 말인 듯했다.

"일단 차를 보러 가면 차에 문제 있는 것들을 찾아봐. 그리고 그런 것들을 이야기하면서 가격을 깎으면 돼."

아미르의 말이 떠올랐다.

눈을 씻고 찾아봤지만 딱히 눈에 띄는 흠은 없는 것 같았다.

"3,000불로 깎아 주면 지금 당장 이 차를 살게."

하지만 그는 단 한 푼도 깎아 줄 수 없다며 단호히 "NO."라고 말했다.

우린 애초부터 3,000불밖에 가지고 있지 않았기 때문에 그 이상 가격의 차를 사는 것은 무리였다. 아쉽지만 생각해 보고 연락을 달라는 말만을 남기고 발걸음을 옮겼다.

두 번째 후보, 1999 혼다 HRV, 2,999불.

카링바로 향했다. 퇴근 시간이 겹쳐 거의 한 시간이 넘게 걸려 이곳에 도착했다. 차를 사기 위해서가 아니었다면 시드니에 사는 내내 우리가 이곳에 올 일은 단 한 번도 없었을 것이다. 깜깜한 주택가, 약속된 장소에 도착하니 주택들 사이 공터에 차 한 대가 덩그러니 놓여 있었다. 도착했다는 메시지를 보내자 얼마 지나지 않아 한 커플이 주택가에서 이쪽을 향해 걸어왔다. 이 차는 SUV처럼 생겼는데 도어는 두 개뿐인 정말 독특한 모양을 하고 있었다. 보닛에는 커다란 썬번이 있었지만, 어차피 2,000불대의 자동차를 사는 입장에서 크게 신경 쓰이지는 않았다. 애초부터 어디를 봐야 할지 모르기 때문에 큰 의미는 없지만 아까와 마찬가지로 보닛을 열어 이곳저곳을 살펴보았다.

"2,200불에 준다면 당장 이 차를 살게."

최대한 낮게 부르고 조금씩 흥정을 할 요량으로 일단 한번 던져 보았다.

"좋아. 대신 멋지게 타줬으면 좋겠어. 내가 시드니에 도착해서 여자친구를 위해 사준 첫 차거든."

그들은 아주 잠시 고민하는 듯하더니 나의 제안을 흔쾌히 수락했다.

생각보다 너무 쉽게 가격을 깎았다. 호주에 온 지 이제 막 두 달째라는 나의 말이 그들의 마음을 흔들었나 보다. 그들은 5년 전, 우크라이나 키예프에서 시드니에 처음 도착했을 때의 심정을 이야기해 주며 이곳에 도착한 지 얼마 되지 않은 우리의 상황을 잘 알고 있다고 말했다.

그들이 자리를 떠나자마자 누나와 나는 환호성을 질렀다.

"누나, 이제 우리도 차가 생겼어! 누나, 나 이제부턴 물도 잔뜩 사다 놓을 거야."

"매주 주말이면 우리 항상 바다에 가자, 그리고 가끔은 밤하늘의 별을 보러 가야지!"

본다이

이곳에 오고 거의 한 달 반 정도의 시간 동안 작은 방에 살고 있는 엘리샤를 본 것은 단 한 번뿐이다. 아미르는 집에 오지 않으면서도 렌트비를 낼 때가 되면 갑자기 나타나 꼬박꼬박 렌트비를 주고 또다시 사라지는 그녀를 이해할 수 없다고 말했다. 얼마 후, 그녀는 모두의 예상대로 애쉬필드를 떠났다. 아미르는 새로운 룸메이트가 올 때까지 비어 있던 방을 에어비앤비 숙소로 쓰기로 했다. 브리즈번에서 온 자매부터 퍼스에서 온 커플까지 짧은 시간 동안 48 프레더릭 스트리트에는 꽤 많은 사람이 스쳐 지나갔다.

늦잠을 자고 일어나 마당 차고에 붙어 있는 농구 골대에 매달려 아미르와 함께 턱걸이를 하고 있던 어느 날 오후, 에어비앤비를 통해 숙소를 예약한 페란이 나타났다. 그가 도착했을 때 누나는 주방에서 닭볶음탕을 만들고 있었고, 음식이 완성되자 누나와 나는 자연스레 그를 식탁으로 불렀다.

다음 날 오후, 새 차를 타고 누나와 함께 본다이로 일몰을 보러 가던 중 페란에게 메시지를 보냈다.

　'페란, 우리 지금 본다이 가는 중이야. 너도 올래?'

　페란은 잡 인터뷰가 끝나자마자 트레인을 타고 곧바로 본다이 정선역으로 왔다. 우리 모두 본다이는 처음이었다. 해가 완전히 사라지기까지 앞으로 딱 10분 남았다. 비치 앞 아이스크림가게 앞에 차를 세우는 동시에 우리는 문을 열고 해변을 향해 뛰었다. 모래사장에 들어서자 바르셀로나에서 온 자유 영혼 페란은 한 치의 고민도 없이 신발과 양말을 벗어 던지더니 곧바로 바다를 향해 달렸다. 나도 그냥 그를 따라 뛰어들었다.

얼마 후, 페란은 이 집을 떠나지 않기로 했다.

　그는 애쉬필드에 살기로 한 이유가 이곳에 도착한 첫날 누나와
내가 건넨 닭볶음탕 때문이라고 말했다. 맛있는 음식은 사람, 장소
를 막론하고 모두를 감동시키나 보다.

Psyfari

48 프레더릭 스트리트로 이사를 한 다음 날, 테라스 소파에 기대어 유튜브를 통해 흘러나오는 음악을 들으며 맥주를 마시고 있던 나에게 아미르와 프란체스카가 다가와 물었다.

"우리 'Psyfari'라는 곳에 갈 건데 너랑 소희도 같이 갈래?"

"Psyfari?"

아미르는 내 옆으로 와 'Psyfari Festival 2014 Aftermovie'라는 제목의 유튜브 영상을 하나 보여 주었다.

영상의 시작과 동시에 클로즈업된 눈이 깜빡인다. 평온한 듯하지만 기묘한 느낌의 음악과 함께 대자연이 펼쳐진다. 광활한 들판 위에는 주차된 수십 대의 차가 주차되어 있고, 그 옆에는 수많은 텐트가 쳐져 있다. 그러다 갑자기 음악이 강렬하게 바뀌는 동시에 들판 위에 설치된 거대한 스테이지 앞에서 춤추고 있는 수백 명의 사람이 나타난다. 해가 진 후에도 깜깜한 밤하늘 아래 이곳저곳으로 정신없이 화려한 빛을 쏘아 대는 무대 앞, 사람들은 저마다 개성 넘치는 복장을 하고 여전히 음악에 맞추어 춤을 춘다. 이 영상에 나오는 대부분의 사람은 정말 해괴한 분장을 하고 있거나 이상한 옷을 입고 있다. 태어나서 지금까지 한 번도 본 적 없는 새로운 광경이다.

"그래, 같이 가자!"

Psyfari에 가기에 앞서 아미르는 초록색으로 수염을 염색하고, 나는 노란색으로 머리를 탈색하기로 했다. 탈색을 하겠다는 나의 결정에 프란체스카가 더 신이 났다. 프란체스카는 현재 메이크업 아티스트가 되기 위해 학교에 다니는 중이다. 그렇기 때문에 탈색 정도는 문제없이 해내리라고 믿는다.

"제이! 다 준비해 놨어. 여기 앉기만 하면 돼."

Psyfari로 떠나기 이틀 전, 일을 마치고 집에 돌아오니 거실에는 커다란 비닐봉지와 탈색을 위한 도구 등이 준비되어 있었다. 아미르와 프란체스카는 서로 내 머리에 탈색 약을 바르겠다며 난리가 났다.

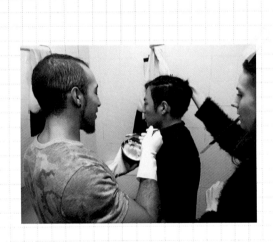

시드니 어쨌든 해피 엔딩

얼마 후, 색이 다 나온 것 같다는 프란체스카의 말에 머리를 감았다. 거울을 바라보았다. 어떻게 된 일인지 부분 마다 색이 달랐고 심지어 머리 옆 부분에는 분홍색과 연두색이 보이기도 했다. 거울 속의 내 모습을 볼 때마다 웃음을 참을 수가 없었다. 마치 90년대 유행했던 H.O.T.의 머리 스타일을 보는 것 같았다. 이런 상태로 거리를 돌아다닌다면 모두가 나를 미친 사람으로 볼 것이 분명했지만 그래도 어찌 됐든 뮤직 페스티벌에 가기에는 완벽한 머리가 되었다. 수줍은 웃음을 지으며 화장실 밖으로 나가는 나의 모습을 보고 아미르와 프란체스카 그리고 누나 모두 웃음이 터졌다.

일을 마치고 집에 돌아가는 길, 스트라스필드에 들러 과자, 음료수, 김밥, 마른오징어 등을 잔뜩 샀다. 내일 드디어 우리는 Psyfari를 향해 떠난다. 시드니에 도착한 이후, 시드니 밖으로 떠나는 첫 여행이었다. 잠들기 전 마지막으로 캐리어를 한 번 더 점검했다. 옷부터 텐트, 음식, 침낭, 술, 라면, 고추장까지 트렁크에 짐이 한가득 있다.

다음 날 아침 일찍, 우리는 집을 나섰다. 프란체스카는 빨간빛을 띠는 누나와 나의 첫 자동차에 '레디'라는 이름을 지어 주었다. 한 시간쯤 지났을까? 우리는 도시를 완전히 벗어났다. 비닐봉지에서 어제 스트라스필드에서 사 온 음식들을 꺼냈다. 아미르와 프란체스카는 마른 문어 다리를 잘 먹었다. 모든 외국인이 말린 해산물을 싫어한다는 것은 사실이 아닌가 보다.

카퍼티 밸리로 향하는 길, 탈색한 지 벌써 3일이나 지났음에도
불구하고 운전을 하며 룸 미러에 비치는 내 모습은 여전히 나를
깜짝깜짝 놀라게 했다.

시드니 어쨌든 해피 엔딩

도시를 벗어난 호주의 모습은 자연 그 자체였다. 어느 정도 지점을 지났을 때부터는 사람의 흔적을 찾을 수가 없었다. 얼마 후부터는 갑자기 인터넷이 전혀 터지지 않기 시작했고, 길을 한 번 잘못 들어서자 휴대폰 네비게이션도 완전히 먹통이 되었다.

카퍼티 밸리.

입구 앞에는 경찰들과 경찰견들이 모든 차를 차례차례 한 대씩 세우고는 혹시 반입이 금지된 물건들을 가지고 있지 않은지 차 안 곳곳을 수색했다. 잠시 후, 우리 차례가 되었다. 검은색 래브라도 레트리버 한 마리가 차 안에 들어와 킁킁거리며 구석구석 냄새를 맡기 시작했다. 그리고 경찰 두 명은 트렁크와 실내에 있는 우리의 짐을 모두 다 하나씩 검사했다.

휴대 전화도 터지지 않고, 인간의 흔적 하나 찾아볼 수 없는 이곳에 어디에서 이 수많은 사람이 모여들었는지 눈으로 보고도 믿기지 않았다. 수많은 차 사이 마땅한 장소를 찾아 자리를 잡고 아미르와 프란체스카의 친구들을 만났다. 키가 크고 덩치도 큰 호주 남자 다니엘, 모델 일을 하고 있는 그의 여자친구 엠버, 다니엘의 여동생 비앙카, 그리고 그녀의 남자친구 앤드류. 우리는 두 대의 자동차 사이에 텐트 세 개를 나란히 펼쳤다. 해가 저물어 가기 시작하는 지금, 붉게 물든 하늘이 참 예쁘다. 높게 솟은 건물들에 가려 보지 못했던 건지, 이곳에 오기 전까지는 하늘이 이렇게 다양한 빛깔을 낼 수 있다는 사실을 몰랐다. 우리 모두는 해가 뜨면 드넓은 초원에 누워 하염없이 시간을 보내고, 밤이 찾아오면 끝나지 않을 것만 같은 파티를 이어갔다.

아무리 노력해도 글로 표현하고 나면 절대로 만족스럽지 않은 어떤 장면들이 있다. 마치 휴대 전화 카메라에 담기지 않는 수많은 별빛처럼.

시드니 어쨌든 해피 엔딩

음악, 신선한 공기, 자유로운 사람들, 푸르른 나무, 시원한 바람.
이게 바로 내가 호주에 온 이유다.

　Psyfari가 끝나고 시드니로 돌아오자마자 모자를 푹 눌러쓴 채
로 아미르와 함께 스트라스필드에 있는 한국 미용실에 갔다. 검은
색으로 다시 염색하고 싶다는 나의 말에 미용사는 머리카락이 너
무 많이 상해 지금 이 상태에 다시 염색하면 머리카락이 다 끊어
져 버릴 수도 있다고 했다. 방법이 없었다. 집으로 돌아와 테라스
위에 커다란 비닐봉지를 깔고 그 위에 섰다. 그리고 아미르는 나의
머리를 박박 밀어 주었다.

홈

청소

호주에서 3D 업종의 일자리를 구하는 것은 정말 어려운 일이 아닌 듯하다. 우리는 새로 산 차와 함께 그리 어렵지 않게 홈 청소 일을 구했다.

트레이닝 첫날, 이른 아침에 약속된 장소에서 사장님을 만났다.

"무빙 청소는 말이야, 이사 가는 집들을 청소하는 거야. 호주는 한국이랑 달라서 보통 이사를 나가는 사람들이 청소를 하는데 말이야, 청소를 안 하면 디파짓을 못 받아요. 그러니까 구석구석 꼼꼼하게 해야 해. 먼지 하나, 얼룩 하나도 신경 써 가면서. 이따 트레이닝시켜 줄 형 오면 같이 잘해 봐. 형이 아마 한 시간 뒤쯤 도착할 거거든? 그러니까 그전까지는 주변에 전단 좀 돌리고 있어."

누나와 나는 각자 구역을 정해 이어폰을 꽂고 음악을 듣거나 지루할 땐 서로 통화하며 전단을 돌리기 시작했다.

"석진아, 우리 호주까지 와서 전단도 돌리고 정말 별짓 다 한다. 그치?"

내 나이 스물여덟, 누나 나이 서른. 전단을 양손 가득 들고 주택가를 걷는 서로의 모습에 웃음이 났다.

　그렇게 거의 두 시간이 넘게 흐른 후에야 지웅이 형이 도착했다. 시간이 이미 많이 늦어 버렸기 때문에 우린 제대로 된 인사를 끝내기도 전에 곧바로 일을 시작해야 했다. 내가 청소기를 돌리고 붙박이장과 선반 등을 닦는 동안 지웅이 형은 화장실을, 누나는 주방을 청소했다. 이사 나간 집을 청소할 때는 선반부터 전등 위까지 구석구석, 하나하나 집 안 곳곳에 있는 먼지를 다 제거해 내야 했는데, 그중 가장 큰 문제는 버티컬이었다. 사는 동안 단 한 번도 닦지 않은 듯한 버티컬 위에 있는 먼지를 한 칸, 한 칸 닦아 내는 일은 정말 지루하고 끝이 없었다. 청소를 시작한 지 두 시간쯤 지나자 거의 10분 간격으로 사장님께 전화가 걸려 오기 시작했다.

　"지웅아, 너희 말이야. 언제까지 거기 있으려고 그래? 빨리빨리 마치고 다음 집으로 넘어가야 해, 지금. 시간이 없어. 집주인이 계속 전화 온다."

누나가 세탁기와 건조기를 닦는 동안 지웅이 형과 나는 형의 차로 내려가 카펫 클리닝 기계를 가지고 올라왔다. 태어나서 처음 보는 무식하게 생긴 이 기계는 정말 크고 무거웠다. 화장실로 가서 뜨거운 물을 붓고 기계를 켰다. 엄청난 굉음과 동시에 기계가 작동했다. 한 손으로는 청소기의 손잡이를 잡고, 다른 한 손으로는 레버를 당기자 뜨거운 스팀이 카펫에 뿌려짐과 동시에 청소기가 먼지와 스팀 모두를 빨아들였다. 형이 카펫 청소를 끝으로 마지막 점검을 하는 동안 누나와 나는 나머지 청소용품들을 차로 옮겼다.

그렇게 우리의 홈 청소가 시작되었다.

청소를 한다는 사실은 일단 아빠, 엄마에게 비밀로 하기로 했다.

클리너로서의

삶

청소비는 집 크기에 따라 천차만별이었다. 일주일에 한 번 청소해 주는 데 작은 집들은 70불, 큰 집들은 200불까지도 받았다. 청소를 하는 사람들은 보통 시급으로 한 시간에 20불 정도를 받거나 비율제로 두 명이 청소비의 80%를 받았다. 일이 익숙해지면 70불을 받는 방 두 개짜리 아파트 정도는 40분 정도면 청소가 끝나기 때문에 비율제로 페이를 받고 동선만 잘 맞으면 한 사람당 하루에 200불 이상도 벌 수 있었다.

업체들 사이에서는 고객들 자체가 돈이 되기도 했다. 청소 업체들은 계약서도 없이 고객들을 서로 사고 팔았다. 예를 들면 일주일에 100불을 받는 집들은 집의 위치, 고객 유지 기간, 평소 청소 상태, 크기 등에 따라 다른 업체에 판매할 때 500불에서 최대 1,000불까지도 받을 수가 있었다. 그렇기 때문에 홈 청소에서는 고객 관리가 정말 중요하다. 청소를 엉망으로 해 버리면 고객이 바로 떠나는 경우가 생기기 때문이다. 고객을 잃게 되면 한순간에 1,000불이 날아갈 수도 있는 노릇이기 때문에 사모님은 컴플레인에 굉장히 민감할 수밖에 없었다.

얼마 후, 우여곡절 끝에 누나와 나는 한 팀이 되었다. 열심히 일했지만 아무리 열심히 한다고 한들 이제 막 청소 일을 시작한 우리에게 실수가 없을 리 만무했다. 컴플레인이 계속해서 들어와 일을 맡길 수 있다는 신뢰가 생기지 않는다면 고정적으로 일을 받는 것 자체가 불가능했기 때문에 우린 근본적으로 컴플레인을 없애기 위한 방법을 마련해야 했다.

'혹시 마음에 들지 않거나 부동산에서 문제 삼는 부분이 있다면 이 번호로 연락 주세요.'

청소가 끝나고 나면 모든 고객들에게 항상 쪽지를 남겼다.

그 후, 컴플레인은 나에게 직접 들어왔다. 대신 문제가 생기면 일이 끝난 늦은 시간에도, 쉬는 날에도 그 집에 찾아가 문제를 해결했다. 자발적으로 하는 일이기 때문에 그 시간에는 당연히 돈을 받지 못했다. 그렇게 얼마 후, 일을 시작한 지 얼마 되지 않았음에도 불구하고 누나와 나에겐 단 한 건의 컴플레인도 들어오지 않았다. 그렇게 몇 주가 흐르고 우리는 점차 신뢰를 쌓았다. 쉽지 않았지만 누나와 나는 멋진 한 팀이 되었다. 청소 시간은 점점 짧아졌고 일은 점점 늘어났다. 그렇게 얼마 후, 우리의 주급은 각각 적게는 800불에서 많게는 1,400불까지도 늘어나게 되었다. 사실 호주에 오기 전, 어떤 일이든 딱히 상관없지만 생각만 해도 힘들고 지루할 것 같은 청소만은 하지 말아야겠다고 다짐했었는데 우연인지 운명인지, 우리는 새벽 청소에 이어 또 홈 청소를 하고 있다.

몸은 고되지만 청소를 마치고 깨끗해진 집을 보면 왠지 뿌듯한 마음이 들었다. 매일매일 사장님이 보내 주는 새로운 주소에 따라 시드니 전역에 있는 다양한 형태의 집을 구경하는 것도 나름 재미있었다.

처음 시작할 때까지만 해도 이 일을 이렇게 오래, 열심히 하게 될 줄은 정말 몰랐다.

48 프레더릭 스트리트

우리는 일주일에 한 번 정해진 룰에 따라 공동 공간을 청결하게 유지했다. 일을 마치고 돌아오면 친구들과 함께 테라스의 소파에 앉아 맥주 한 잔씩을 들고 음악을 들으며 하루를 마무리했다. 매주 수요일 저녁에는 특별한 일이 없는 한 모두 함께 순번을 정해 서로가 추천하는 레스토랑으로 향했다.

그리고 매주 목요일이 되면 주로 노스 스트라스필드에 있는 게임 센터 혹은 알렉산드리아에 있는 스카이 존에 갔다. 노스 스트라스필드 게임 센터에는 수많은 오락기와 함께 레이싱 게임, 농구, 에어 하키, 레이저 태그, 그리고 볼링장이 있었는데, 우리는 주로 다 함께 레이저 태그를 하거나 맥주를 마시며 볼링을 쳤다.

건물 전체가 커다란 트램펄린으로 이루어진 알렉산드리아의 스카이 존은 우리가 가장 좋아하는 장소였다. 스카이 존 한쪽에는 암벽 등반을 할 수 있는 곳도 있었다. 우리 중 암벽 등반을 가장 잘하는 나와 아미르는 스카이 존에 갈 때마다 누가 더 빨리 꼭대기까지 올라가는지 시합했다. 간발의 차이였지만 수개월 내내 단 한 번도 그를 이긴 적이 없다.

주말이 되면 어김없이 다 함께 뉴타운이나 다운타운으로 향했다. 새벽 세 시, 클럽을 포함한 모든 술집이 문을 닫으면 우리는 다운타운 이곳저곳을 거닐다가 주로 하이드 파크나 달링 하버에 앉아 밤하늘을 바라보며 첫차가 오기를 기다렸다. 그리고 새벽 다섯 시가 되면 첫차를 타고 해가 뜨기 시작할 때가 되어서야 집에 돌아왔다.

남자다운 외모와 어울리지 않는 특유의 하이 톤 웃음소리를 가진 영국 미남 폴, 헤르미온느 같은 똑 부러지는 말투의 영국 미녀 다니엘, 언제나 활기차고 에너지가 넘치며 180센티가 훌쩍 넘는 큰 키를 가진 모델 같은 프란체스카, 보디빌더 같은 몸에 장난꾸러기 같은 얼굴을 가진 아미르, 귀엽고 푸근한 느낌을 주는 이탈리아 소녀 타냐, 베이비 페이스를 가진 나와 동갑인 안토니오, 로드 트립을 마치고 이제 막 시드니에 도착해 우리의 가족이 된 투치와 알티옴, 그리고 누나와 나.

만약 이 중 누구 하나라도 없다면 완벽한 그림이 나올 것 같지 않다.

48 프레더릭 스트리트에서의 삶은 호주에 오기 전부터 그렸던 그 모습 그대로 흘러갔다.

드래곤 드리밍

갈림길

"석진아. 고모네 가게에서 지금 사람을 구하고 있거든. 혹시 캐나다에 오고 싶은 마음이 있으면 말해 줘."

　떠나 있는 시간이 길어지면 길어질수록 한국으로 돌아가 정착하는 것이 점점 더 어려워질 것이라는 사실을 분명히 알고 있었지만, 이 연락을 받은 이후로 나도 모르게 새로운 세상을 보고 싶은 나의 호기심은 점점 커져만 갔다.

　"어렵게 생각하지 마. 네가 가고 싶으면 가고, 오고 싶으면 오면 돼. 대신 어떤 선택이든 항상 책임이 따른다는 사실만 알고 있으면 돼."

　이곳을 당장 떠나야 한다는 아쉬움, 또 그곳에 간다면 얼마나 머무르게 될지 모르는 불투명한 미래에 대한 불안감 등으로 쉽게 결정을 내리지 못하고 있던 나에게 아빠가 말했다.

　삶은 선택의 연속이다. 아빠는 이번에도 내 삶의 모든 결정을 나에게 전적으로 맡겼다.

　이 긴 여행이 얼마 동안 지속될지는 모르겠다.

　어쨌든, 나는 다시 새로운 출발선에 섰다.

　모두의 예상과는 다르게 내가 호주를 떠난다는 사실에도 누나는 호주에 남고 싶다고 말했다. 누나의 결정에 집에서는 난리가 났다. 항상 우리의 선택을 존중해 주는 아빠마저도 누나가 혼자 호주에 남는다는 사실에 걱정이 이만저만이 아니었다. 누나는 "석진이는 되는데, 왜 나는 안 돼?"라며 끝까지 항의했다. 그리고 결국엔 누나가 이겼다. 마음속 깊은 곳에선 누나 혼자 이곳에 남게 된다는 사실이 걱정되었지만, 그렇다고 해도 방법이 없었다. 각자 떠나는 서로의 길을 응원하는 수밖에.

"나 너무 너한테 의지하면서 다 잊고 있었어. 나도 나만의 호주를 찾아갈 거야. 누나 원래 씩씩하잖아. 걱정하지 마."

우리 누나

아미르와 함께 누나를 공항까지 바래다주고 돌아오는 길, 누나가 내 방문을 열었던 순간부터 우리에게 손을 흔들며 공항 안으로 들어가던 그 순간까지. 지금까지의 모든 순간이 스쳐 지나간다.

"나도 갈래."

컴퓨터 앞에 앉아 워킹 홀리데이 비자를 신청하고 있던 어느 날 저녁, 내 방문을 갑자기 연 누나가 말했다.

나는 누나를 한 번 바라보고는 무슨 소리냐며 웃어넘겼다.

하지만 다음 날에도, 그다음 날도, 또 그다음 날도 누나는 내 방

시드니 어쨌든 해피 엔딩

문을 열었다.

"나도 갈래. 진짜야."

회사를 다니다 보면 누구나 그만두고 싶은 순간이 오기 마련이라던데, 바로 옆방에서 호주에 간다며 들떠 있는 내 모습이 괜히 누나의 마음에 바람을 넣은 것은 아닌가 걱정이 되었다.

'누나와 내가 함께?'

'잘할 수 있을까?'

사실 나 자신도 누나와 함께 가는 것은 준비가 되지 않았다. 떨어져 있으면 보고 싶다고 눈물을 흘리고, 붙어 있으면 하루 종일 싸우는 누나와 나. '백지장도 맞들면 낫다.'라고 했지만 함께라는 든든함보다는 걱정이 앞섰다.

"누나랑 워홀? 무슨 소리야."

"말도 안 돼."

"신중하게 생각해."

그 후 몇 번의 술자리. 누나와 함께 워킹 홀리데이를 간다는 사실에 긍정적인 답을 주는 사람은 단 한 사람도 없었다.

며칠 뒤 저녁, 누나와 함께 집 앞 치킨집에 갔다.

"누나, 지금 호주에 꼭 가고 싶은 이유가 뭐야?"

누나는 더 나이가 들기 전, 자유로운 삶을 살아 보고 싶다고 말했다. 중학교 때부터 대학 때까지 음악만 해 온 우리 누나. 평생 음악만 하다가 우연한 계기로 회사에 다니게 되었고 한번 시작하니 쉽게 그만둘 수가 없었다고 한다. 그렇게 어느 순간부터 어린 시절 누나가 꿈꿨던 모습과는 점점 멀어졌나 보다. 어쩌면 누나 말이 맞을지도 모른다. 시간이 흘러 자연스럽게 하나둘씩 책임이 눈덩이처럼 불어나기 전에 무엇이든 하고 싶은 것을 해 보는 것, 이것만으로도 충분한 이유가 되었다. 그렇게 우리는 아직 일어나지도 않은, 혹은 일어나지 않을 일에 대한 걱정을 저 멀리 뒤로하고 함께 떠나기로 했다.

그 후, 3개월이 채 되지 않아 우리는 시드니에 도착했다. 수많은 우여곡절 속에서도 시드니가 부리는 마법에 따라 나 혼자라면 절대로 이루지 못할 일들을 함께 이루어 냈다. 결과적으로 누나와 함께 시드니에 온 것은 '신의 한 수'였다.

시드니 공항에 도착하자마자 질렀던 환호성, 공항에서 나누어 먹은 아이스 모카 한 잔, 오페라 하우스, 스트라스 필드의 돼지국밥, 첫 일자리를 구하고 우산도 없이 신나게 걸었던 그날의 비 오는 거리, 우리의 첫 자동차, 다운타운의 밤거리, 싸이파리, 드래곤 드리밍, 그리고 48 프레더릭 스트리트에서의 소중한 순간들.

함께했던 모든 순간 속 누나는 아이처럼 기뻐했다.

누나가 퍼스에 도착한 직후부터 우리는 매일같이 통화를 했다. 수화기 너머로 시드니에서의 삶과는 사뭇 다른 새로운 호주의 이야기를 전해 듣는 것은 꽤 즐거운 일이었다. 역시 붙어 있을 땐 하루 종일 싸우지만, 떨어지는 순간부터 서로를 그리워한다. 3일 후, 에스퍼런스를 향해 혼자 버스를 타고 일곱 시간 이상 걸리는 먼 거리를 떠나려던 누나는 운이 좋게도 셰어 하우스를 관리하시는 목사님께 같은 날 에스퍼런스로 향하는 한 커플을 소개받았다며 신이 났다. 혼자 버스를 타고 간다는 누나의 말에 걱정이 많았는데 함께 가는 사람들이 있다는 사실에 안심이 됐다. 아직 걱정이 되기는 하지만 누나 스스로도 잘해 내고 있는 듯했다.

　에스퍼런스로 떠나기 직전 차에 막 올라탄 누나에게 전화가 왔다. 새로운 삶을 시작하기 위한 본격적인 첫걸음을 내딛는 누나의 설렘이 저 먼 곳에서부터 그대로 전해졌다. 누나는 일곱 시간 뒤, 도착하면 다시 전화하겠다는 말을 남기고 전화를 끊었다.

　일을 마치고 집에 돌아와 침대 위에 누워 유튜브를 보고 있는데, 전화벨이 울렸다. 누나라는 사실을 확인하고는 미소를 지으며 통화 버튼을 눌렀다.

　"으아앙, 석… 흐아앙, 진아, 으아앙…"

전화를 받자마자 전화 반대편에서 누나의 울음소리가 들려왔다.

"무슨 일이야? 누나, 무슨 일 있어? 빨리 말해 봐! 누나!"

누나는 말을 잇지 못하고 계속해서 큰 소리로 울음을 터트렸다. 나는 깜짝 놀라 침대 위에서 벌떡 일어나 소리쳤다.

"누나, 어디야? 무슨 일이야!"

휴대 전화는 잘 터지지 않았고 수화기 너머 누나의 목소리는 계속해서 끊겼다. 심장은 빠르게 뛰었고 불안감이 파도처럼 밀려왔다.

누나한테 침착하고 또박또박 말해 보라고 외쳐 대는 사이, 어떤 아주머니가 전화를 받았다. 전화기가 잘 안 터져서 정확히 들리지는 않았지만 아주머니는 "교통사고가 있었어요. 누나의 이마에 피가 나고 있어 패닉이 온 것 같지만, 심각한 부상은 아니니 안심하세요. 그리고 구급차가 오고 있으니 걱정하지 말아요."라는 등의 이야기를 했다.

그리고 다시 누나가 전화를 받았지만 아무것도 없는 도로 한가운데에서 전화가 잘 터질 리가 없었다. 그렇게 전화가 끊겼고 열 번도 넘게 다시 통화 버튼을 눌렀지만, 연결이 되지 않았다. 머릿속이 정말 새하얘졌다. 그렇다고 이렇게 아무것도 할 수 없는 상황에서 여기에 있지도 않은 아빠와 엄마에게 전화를 할 수도 없는 노릇이었다. 누나와 연락이 되기 전에 불안에 떠는 마음을 멀리 있는 아빠, 엄마와 함께 나누고 싶지 않았다. 그렇게 홀로 정신을 놓은 채 전화기만 붙잡고 방 안을 빙빙 돌며 어쩔 줄 모르고 있던 사이, 파쿠르를 마치고 돌아온 아미르가 '똑똑' 노크 소리와 함께 장난스러운 웃음을 지으며 내 방문 사이로 얼굴을 빼꼼히 내밀었다. 그는 나의 얼굴을 보자마자 안 좋은 일이 일어났다는 것을 직감했다. 나는 그에게 이 상황을 설명했다. 그도 내 이야기를 듣고 깜짝 놀랐지만 어쨌든 옆에 있던 아주머니가 걱정하지 말라고 이야기했고, 구급차가 오고 있다고 말했으니 큰일은 없을 것이라며 나를 안심시켰다.

침대에 누워 뜬눈으로 밤을 지새웠다. 새벽 네 시쯤, 모르는 번호로 전화가 왔다.

"석진아 많이 놀랐지? 누나 잘 있어. 지금 병원이니까 괜찮아."

상황은 이러했다.

에스퍼런스로 향하던 도중, 누나는 자동차 뒷좌석에 앉아 잠이 들었다. 한참을 그렇게 가다가 갑작스러운 충격에 누나가 눈을 떴을 때, 차는 이미 중심을 잃은 채 도로 밖으로 질주하고 있었다. 차는 곧바로 도로 아래로 굴러떨어지며 전복되었고, 누나는 사고와 동시에 곧바로 정신을 잃었다. 누나가 정신 차렸을 때, 앞 좌석에 있던 커플은 사고의 충격으로 여전히 의식이 없는 상태였다. 차가 전복되며 창문을 뚫고 들어온 나무가 누나의 이마에 기다란 상처를 냈다. 하마터면 정말 큰일이 날 뻔했지만 불행 중 다행으로 나무는 누나의 이마를 스쳐 지나갔다. 먼저 정신을 차린 누나는 앞좌석에 있던 커플을 깨우려 시도했지만, 그들은 의식을 잃은 채 일어나지 못했다. '이렇게 가만히 기다리고 있다가는 죽을 수도 있겠다.'라는 생각에 누나는 밖으로 나가 도움을 요청하기로 했다. 필사적으로 유리가 깨진 창문을 통해 밖으로 나가는 과정에서 배에도 꿰매야 할 정도의 깊은 상처가 생겼다. 그렇게 누나는 도로까지 기어 올라갔다. 피를 흘리며 도로 위에 있는 누나를 보고 놀라 길가에 차를 세운 아저씨와 아줌마는 누나를 안정시키며 구급차를 불렀고, 그때 누나는 나에게 전화를 했다.

아침 여섯 시가 되자마자 사장님께 메시지를 보냈다.

"사장님, 저 퍼스에 다녀와야 할 것 같아요."

메시지를 보내고 얼마 후, 사장님께 전화가 왔다. 일단 내일 오전까지 일하기로 하고 다음 주 일정은 조정해 목요일부터 일요일까지로 모두 미뤘다. 사장님과 통화가 끝나고 나는 곧바로 다음 날 오후 8시 15분에 퍼스로 떠나는 비행기 표를 끊었다. 같은 호주 하늘 아래 있지만 우리는 너무나도 멀리 떨어져 있었다. 그 모든 것을 혼자 이겨 내고 있을 누나를 생각하니 마음이 무거웠다.

토요일 오전 여덟 시, 사장님이 보내 준 주소로 향했다. 청소를 시작하기에 앞서 두 귀에 이어폰을 꽂고 나와 현실 사이에 벽을 만들었다.

오후 네 시, 집에 도착하자마자 기내용 캐리어에 옷 두세 벌을 대충 쑤셔 넣고 샤워를 했다.

오후 여덟 시, 퍼스행 비행기에 올랐다.

그리고 밤 열두 시가 넘어서야 퍼스 공항에 도착했다. 비행기 모드를 풀자마자 누나에게 도착을 알렸다. 다행히도 누나는 안정을 찾은 듯했다. 공항 밖으로 나가면서 우버를 불렀다. 우버 기사는 오늘 만난 사람 중 가장 해맑은 미소를 지으며 나에게 인사를 건넸다. "어디에서 왔어?"라는 그의 물음에 나는 "시드니"라고 답했고, "여행 온 거야?"라는 물음엔 "응, 여행 온 거야."라고 답했다. 그는 퍼스에 처음 왔다는 나의 이야기를 듣자마자 로트네스트 섬, 프리맨틀 등 퍼스에서 꼭 가야 하는 명소를 말해 주며 퍼스의 아름다움에 관해 들려주었다. 멍하니 깜깜한 창밖을 바라보았다. 그의 말에 적당한 추임새를 넣으며 그의 이야기를 흘려보냈다.

퍼스의 주택가.

누나는 내가 맨날 이상하다고 놀리던 남색 원피스를 입고 나와 마주하는 동시에 울음을 터트렸다. 누나를 꼭 안아 줬다. 그 상황에서 두려움에 떨었을 누나를 생각하니 나도 모르게 눈물이 흘렀다.

둘 다 울음이 완전히 멈출 때까지 우리는 계속 그 자리에 서 있었다.

"누나, 바람 쐬러 가자."

셰어 하우스에 가방을 내려놓자마자 우리는 밖으로 향했다.

여름이 다가오는 시월이지만, 퍼스의 밤은 생각보다 쌀쌀했다. 이곳에 도착한 지 한참이 지나서야 차가운 바람이 느껴졌다.

공원으로 향하는 길, 누나는 나에게 다시 한번 사고 내용을 들려주었다. 누나는 거울로 이마의 흉터를 볼 때마다 눈물이 난다고 말했다. 내가 누나 대신 그곳에 있었다면 더 나았을 거라는 생각이 들었다. 그래도 나는 남자니까. 누나 이마에 생겨 버린 그 기다란 흉터가 내 이마에 있었으면 좋겠다고 생각했다.

늦은 밤, 문이 굳게 닫힌 상점들을 지나 '사우스 퍼스 포쇼어'에 도착했다. 늦은 밤, 스완강 건너에 빛나는 퍼스의 다운타운이 한눈에 들어왔다. 퍼스는 아미르와 누나, 우버 기사를 통해 들었던 그대로 고요하고 평온하며 아름다웠다.

"아직 떠나고 싶지 않아."

한국으로 언제 돌아갈 거냐는 나의 물음에 누나는 예상치 못한 답변을 했다.

"누나, 언제까지 아빠, 엄마한테 말을 하지 않을 수도 없고 지금 돌아가야 할 것 같아. 내가 어떻게 누나를 이 상태로 놓고 다시 시드니로 돌아갈 수 있겠어."

"지금 괜찮아. 이마에 있는 상처 빼고는 몸 상태도 괜찮고, 걱정하지 않아도 돼."

혹시 모를 후유증이 있을 수 있기에 한국에 가서 일단 병원에 입원해야 한다고 누나를 다그쳤다. 하지만 계속되는 나의 만류에도 누나는 지금 이렇게 호주를 떠나고 싶지 않다고 말했다.

"그래, 그냥 이런 이야기들은 일단 다 집어치우자. 누나가 하고 싶은 대로 해. 만약 힘이 들면 언제든 한국에 돌아가야 해. 그리고 몸이 안 좋으면 절대로 무리하지 말고."

누나는 마음의 큰 결단을 내리고 모든 것을 뒤로한 채 떠나온 이곳에서의 삶을 이렇게 허무하게 그만두고 싶지 않았던 것이다.

우선 사고 내용은 아빠에게만 말하기로 했다. 물론 반 정도로 축소해서. 엄마가 알게 된다면 누나가 호주에 남는 것은 불가능하다.

나의 심란한 마음은 나의 무거운 몸과 함께하지 않나 보다. 아침 일찍, 눈이 떠졌다. 혹시라도 자고 있는 사람들을 깨울까 봐 침대 위에 그대로 누워 조용히 이어폰을 꽂고 음악을 들었다. 얼마 뒤,

누나에게 메시지가 왔다. 누나도 수많은 생각에 사로잡혀 잠을 설친 것이 분명했다. 최대한 조용히 내려오려 했으나, 철제 2층 침대는 부러질 듯 요동치며 삐걱삐걱 요란한 소리를 냈다. 누나는 이른 아침부터 바람을 쐬러 가자고 했다. 몸도 안 좋을 텐데 정말 밖에 나가 바람을 쐬고 싶은 것인지, 시드니에서 여기까지 온 동생에게 더 많은 곳을 보여 주고 싶은 것인지는 모르겠다. 집을 나서기 전 혹시라도 햇빛에 흉이 짙어질까 봐 누나는 이마를 수건으로 가리고 그 위에 후드를 썼다.

바다 앞에 도착해 우리는 엄마에게 영상 통화를 걸었다.

"엄마! 석진이가 누나 보고 싶다고 그새 또 여기까지 왔네."

누나는 햇빛이 너무 강해서 그렇다며 수건으로 이마의 상처를 가린 채 엄마에게 말했다. 밝게 웃는 우리의 모습을 보고 아빠도 안심하는 눈치였다.

동네를 한 바퀴 돌고, 가까운 레스토랑에 가서 수제 버거를 먹고 커피를 마셨다. 내일은 할 일이 많을 테니 오늘은 무리하지 않기로 했다. 상처가 햇볕을 쐬면 흉터가 남을 수도 있기 때문에 우리는 태양이 더 뜨거워지기 전에 숙소로 돌아갔다. 모두가 일하러 간 사이, 다시 방으로 들어가 낮잠을 잤다.

그날 저녁. 누나와 함께 이야기를 나누며 써 제임스 미첼 공원을 지나 한참을 걸었다. 그러던 중 흘러나오는 음악을 따라 페리 선착장 바로 앞에 있는 레스토랑으로 향했다.

"누나, 내가 쏠게. 먹고 싶은 거 다 골라."

　우리는 여러 가지 음식이 조금씩 나오는 플래터 하나와 연어 샐러드 그리고 맥주 한 잔을 시켰다. 우리는 서호주의 아름다움에 취해 사고가 있었다는 사실은 완전히 잊은 듯 즐겁게 웃고 떠들었다. 퍼스의 아름다운 밤, 스완강을 바로 옆에 두고 그 아름다운 밤을 환하게 비추는 퍼스 다운타운을 마주 보며 시원하게 불어오는 바람과 함께 내일 할 일을 계획했다. 우선은 내일 아침 일찍 페리를 타고 다운타운으로 나가자마자 렌트를 하기로 했다. 일단 병원으로 가 실밥을 풀고 그 후에는 프리맨틀과 로트네스트 섬에도 가 보기로 했다.

　병원에 간다는 사실만 제외하고는 마치 퍼스로 여행을 온 듯 우리는 그렇게 계획을 짰다.

아미르가 그렇게 퍼스를 사랑한다고 했던 이유가 무엇인지 알겠다. 여행이 부리는 마법에 우리가 눈이 먼 것인지, 퍼스가 그만큼 아름다웠던 것인지는 잘 모르겠다.

누나, 씩씩하게 잘 해내자, 우리.

퍼스에서 10시 55분 밤 비행기를 타고 출발해 오전 6시 10분에 킹스포드 스미스에 도착했다.

나는 다시 일상으로 돌아왔다. 역에서 내려 집으로 걸어가는 길, 마치 꿈을 꾼 듯한 느낌이 들었다. 누나에게 사고가 났다는 전화가 온 순간부터 퍼스 공항에 내려 다시 이곳에 돌아오기까지 모든 순간이 파노라마처럼 스쳐 지나갔다. 샤워를 하자마자 준비하고 곧바로 일하러 가기 위해 집을 나섰다. 오늘은 아침부터 저녁까지 이사 가는 집 세 곳과 미란다와 알렉산드리아에 있는 킨더가든을 청소하기로 되어 있다.

이어폰을 꽂고 현실과 나를 분리한 후 기계적으로 청소기를 돌리고 걸레질을 했다. 아침 여덟 시에 시작한 일은 밤 열두 시가 넘어서야 끝이 났다.

그래, 모두 이렇게 살아가고 있으니.

적막한 시드니의 밤, 일주일 중 내가 가장 좋아하는 시간, 음악을 들으며 청소를 마치고 집으로 향하는 길에 누나에게 메시지를 보냈다.

'누나! 어쨌든 해피 엔딩.'

레모네이드

누나가 퍼스로 떠나고 난 후, 나는 혼자서는 감당할 수 없는 높은 방세 때문에 이사를 고민했다. 한국으로 돌아가기까지 두 달 정도 살 집을 알아보고 있던 나에게 아미르는 타냐와 안토니오가 살았던 300불짜리 방에 180불만 내고 살아도 좋다고 말했다. 그렇게 나는 이 집에서 두 번째 이사를 했다.

　누나가 떠난 후, 48 프레더릭 스트리트에는 꽤 많은 변화가 찾아왔다.

　우선, 이곳을 절대 떠나지 않을 것 같던 타냐와 안토니오가 서머힐에 있는 작은 아파트로 이사를 결정했다. 항상 애쉬필드에 남아 있을 것만 같던 그들이 이곳을 떠난다는 사실이 믿기지 않았다. 누나와 내가 이 집에 처음 도착했을 때부터 있던 사람은 이제 나와 아미르 뿐이다. 그들과 함께 고양이 에이프릴도 떠났다.

　그리고 항상 그래왔듯 그들이 떠난 빈자리에는 새로운 친구들이 나타났다.

　영국에서 온 제임스와 그의 친구.

　일이 끝나고 집에서 마주칠 때면 제임스는 나에게 항상 "You alright?"라고 물었다. 나도 한결같이 "I'm alright, mate."라고 답했다. 그때 당시 나도 일이 너무 바빴고, 제임스와 그의 친구도 이제막 호주에 도착해 일자리를 찾느라 정신이 없는 상태였기 때문에 그들과는 많은 대화를 나눌 시간이 없었다. 제임스와 함께 온 친구는 여자였는데, 이름이 잘 기억나지 않는다. 나는 과연 '여자 사람 친구'와 함께 워홀을 올 수 있을까 생각해 봤다. 그 방엔 침대가 하나뿐이다. 페란이 나간 후, 애쉬필드에 들어온 티아고는 매일 저녁 일을 마치고 집에 돌아오면 제임스에 대해 불평했다. 그 이유는 제임스가 주방에 있는 모든 컵을 그의 방에 갖다 놓기 때문이었다. 주방에 컵이 하나도 없을 때마다 "Fuck bro"를 반복하며 한 번만 더 컵이 없으면 제임스의 얼굴에 주먹을 날릴 거라던 티아고는 어느 날 저녁, 제임스의 방으로 찾아가 고래고래 소리를 치면서 그의 방에 있던 컵을 모두 가지고 나왔다. 그 일이 있고 얼마 뒤, 제임스와 그의 친구는 짧았던 애쉬필드에서의 삶을 뒤로하고 이곳을 떠났다.

줄리와 어윈.

제임스와 그의 친구가 떠난 자리에는 스무 살이 막 넘은 독일 소녀 줄리와 그보다 한두 살 정도 많은 아일랜드계 미국인인 어윈이 들어왔다. 그들은 등장과 동시에 '48 프레더릭 스트리트에 가장 빨리 이사를 결정한 사람'이라는 나와 누나의 타이틀을 갈아 치웠다. 그들은 어느 날 밤, 술에 취해 잔뜩 신이 난 상태로 집에 와서 방을 한 번 쓱 보고는 이사를 결정했다. 그 뒤로부터 두 시간 뒤, 커다란 캐리어 세 개와 함께 다시 나타났다. 어윈 갤러거, 당시 일을 하는 날보다 쉬는 날이 더 많았던 그는 일이 없는 날이면 아침부터 밤까지 술병을 손에 쥐고 테라스에 앉아 시간을 보냈는데, 그의 행동은 마치 TV 시리즈 〈쉐임리스〉에 나오는 '갤러거'를 떠올리게 했다. 퍼스의 광산 경기가 호황일 때 호주에 와서 열아홉 나이에 상상할 수 없는 큰돈을 벌게 된 어윈은 항상 영웅담 같은 십대의 마지막 이야기를 많이 들려주었다. 그도 서호주에 살았던 모두와 마찬가지로 그곳에서의 삶을 그리워했다. 줄리는 어윈의 여자친구로, 표정과 행동, 말투에서 자유분방함이 느껴지는 사람이었다. 귀에는 새끼손가락이 들어갈 만한 크기의 큰 피어싱이 있었고, 머리 모양도 빅뱅의 〈FANTASTIC BABY〉 뮤직비디오에 나오는 GD처럼 한쪽을 다 밀었다. 그녀도 어윈처럼 술 마시는 것을 좋아했고, 쉬는 날이면 종일 어윈과 함께 테라스에 앉아 술병을 들고 시간을 보냈다. 어느 때든 맥주병을 들고 테라스로 나가면 줄리와 어윈은 언제나 유쾌한 모습으로 자리를 지키고 앉아 있었다.

앤쏘니와 댄.

앤쏘니는 티아고와 함께 건설 현장에서 일하는 영국인 친구였고, 댄은 그의 룸메이트였다. 티아고와 함께 시드니 가까운 곳 어딘가에서 열린 뮤직 페스티벌에 다녀온 아미르는 집에 오자마자 내 방에 찾아와 '크레이지 맨'을 만났다고 말했다. 너도 그를 분명 좋아할 것이라며 이번 주말에 그와 함께 다운타운에 나가자고 했다. 그리고 며칠이 지나지 않아 앤쏘니와 댄이 우리 집에 놀러 왔다. 우리는 모두 공사 중이었든지, 파업이었든지, 어쨌든 운행이 중단되었던 트레인 탓에 역 앞에서 무료로 운행하는 버스를 타고 시티에 있는 '스케어리캐너리'라는 펍으로 향했다. 그는 아미르에게 들던 대로 '크레이지 맨' 그 자체였으며, 활력이 넘쳐 흘렀다. 앤쏘니는 어디를 가나 윗옷을 벗고 다녔는데, 클럽에서는 물론이고 대낮에 뉴 타운의 브런치 가게에서도, 심지어는 웨스트 필드 몰 안에서도 그랬다. 그는 허스키하고 큰 목소리에 험상궂다고 느껴질 수 있는 얼굴을 가지고 있었지만, 사실 누구보다도 항상 즐겁고 유쾌했다. 앤쏘니와 함께하는 순간이면 우리 모두 웃느라 정신이 없었다.

　　호리호리한 체격의 댄은 우리 중 가장 키가 컸다. 세일즈맨으로 일하고 있던 그는 평일엔 항상 말끔한 정장 차림을 하고 있었는데, 마치 〈킹스맨〉에 나오는 영국 신사처럼 정장이 잘 어울렸다. 이유는 모르겠지만 우리는 모두 그를 '댄 더 맨'이라고 불렀다. 그는 술에 취하면 항상 이상한 구호를 만들어 그를 둘러싼 모든 사람들이 함께 외치게 했는데, 파티에 갈 때면 그가 만든 구호는 우리로부터 시작해 모두에게 울려 퍼졌다. 매주 수요일 윙 데이에는 모두 함께 댄이 자주 가던 서머힐의 펍에 갔다. 윙 데이에는 윙이 하나에 50센트였고, 우리는 항상 각각 서른 개의 윙을 먹었다.

티아고, 알렉스, 가브리엘.

이 세 명의 브라질 친구는 마치 쉬지 않고 움직이는 어린아이들처럼 에너지가 넘쳐 흘렀다. 이들은 주말이면 술을 아무리 많이 마신 다음 날이라도 어김없이 서핑을 하러 해변으로 떠났다. 티아고는 페란이 일터가 가까운 곳으로 이사를 한 직후, 이곳에 들어왔다. 브라질리언들이 모이는 파티에 갈 때면 티아고는 항상 중심에 서서 "Vai Caralho"라고 외쳐 댔다. 작은 키에 작은 체구지만 그는 항상 무리를 이끌고 싶어 했으며, 항상 욕을 달고 살았다. 우리 모두는 그런 티아고를 귀여워했다. 알렉스는 누나가 떠난 후 이 집으로 들어왔다. 사람들은 그의 외모를 보고 프랑스 사람이라고 오해했다. 알렉스는 언제나 낙천적이었고 특유의 느릿느릿한 말투를 가지고 있었으며, 어디를 가든 항상 스케이트보드를 타고 한 손에는 팀탐을 들고 다녔다. 딱히 할 일이 없는 밤이면 나와 알렉스, 티아고, 아미르는 함께 '덜위치 힐'에 있는 스케이트보드 파크에 가곤 했는데, 그때마다 알렉스는 정말 멋지게 날아다녔다. 가브리엘은 로드리고, 큰 티아고와 함께 집에 자주 놀러 오던 브라질리언 무리 중 하나였다. 5 대 5로 가르마를 탄, 예수 머리를 한 그의 얼굴에는 자신감과 장난기가 가득했다. 쿠지 비치 근처에 살고 있던 가브리엘은 어느 날 갑자기 온 짐을 다 싸 들고 애쉬필드에 나타났다. 그리고 집으로 돌아갈 수가 없게 되었다며 아미르에게 알렉스의 방에서 함께 살아도 되냐고 물었다. 그는 집주인의 애인과 바람이 났고, 방에 벌거벗고 누워 있던 것을 예정보다 일찍 집에 온 주인이 봐 버린 것이다. 그는 맞아 죽을 뻔했다는 그 상황을 재미있는 이야기를 하듯 웃으며 들려주었다.

우리의 주변엔 항상 새로운 일이 가득했다. 주말이면 본다이, 마루브라, 쿠지 비치 등 파티가 있는 곳엔 우리가 있었다. 밤새 놀고 잠을 한숨도 자지 않은 채 연속으로 또 파티에 가거나 파티가 끝난 후엔 그냥 술에 취한 채로 해변으로 가 그곳에 누워 잤다.

테라스에 앉아 농담처럼 한 이야기들은 다음 날 현실이 되었다. 우린 하고 싶은 것이 생기면 무엇이든 곧바로 실행에 옮겼다. 어느 날, 누군가가 "우리 집 뒷마당에 수영장이 있었으면 좋겠다."라고 이야기했다. 그리고 그다음 날, 일을 마치고 집에 돌아왔을 땐 마당에 우리가 모두 들어갈 만큼 꽤 커다란 야외용 풀이 설치되어 있었다. 비가 조금씩 내리는 흐린 하늘 아래, 수영복을 입고 물속에서 한 손엔 담배, 다른 한 손엔 맥주병을 들고 있던 앤쏘니는 그 특유의 크고 허스키한 목소리로 소리쳤다.

"Get in here, mate!"

마루브라 비치에서 밤을 새운 후 집에 돌아와 모두 함께 진탕 술에 취해 남은 보드카와 오렌지 주스를 섞어 마시고 있던 그때, 티아고는 갑자기 우리들만의 이름이 필요하다고 외쳤다. 짧지 않은 시간 동안 우리는 모두 각자 나름대로 멋진 이름을 생각해 내기 위해 침묵했다.

얼마 뒤 적막을 깨고 앤쏘니가 말했다.

"We are Lemon Squad. When the life throws us a lemon, we make lemonade. Lemonade!"

앤쏘니가 큰 소리로 외친 후, 우리 모두 "Lemonade!"라고 외쳤다. 삶이 우리에게 신 레몬을 주면, 우리는 신 레몬을 가지고 달콤한 레모네이드를 만들 거라는 꽤 멋진 말이었다. 그날 이후로 우리는 '레몬 스쿼드'가 되었다.

우리는 울타리 없는 푸른 초원을 마음껏 뛰어노는 양들처럼 다시 돌아오지 않을 이 순간을 즐겼다.

리틀
맨리

두꺼운 암막 커튼 사이로 새어 나오는 불빛이 눈을 비추었다. 이불을 뒤집어쓰고 돌아누웠다. 하지만 따뜻한 햇살은 내가 다시 잠자리에 들게 두지 않았다. 휴대 전화를 보니 시간은 이미 열두 시를 넘어 한 시가 다 되어 갔다. 무거운 몸을 이끌고 냉동실에서 아이스크림 한 통을 꺼내 테라스로 나가 소파 위에 누웠다. 나름대로 쌀쌀했던 시드니의 겨울이 끝나고 여름이 다가오면서 매주 쉬는 날이면 꼭 해변으로 가리라 다짐했는데, 그게 생각처럼 쉽지가 않다.

시월의 어느 햇살 좋은 오후, 나는 더 이상 핑계를 대지 않기로 했다. 오늘은 혼자서라도 바다에 가야겠다.

"제이, 나 지금 리틀 맨리로 가고 있는데. 같이 갈래?"

소파를 박차고 일어서는데 마침 페란에게 전화가 왔다. 시드니에 있는 젊은이들이 햇살 좋은 토요일 낮에 해야 할 일은 정해져 있나 보다. 페란은 30분 전쯤 오토바이를 타고 세븐 힐스에서 출발했다고 하니 지금 출발하면 대략 그와 비슷하게 도착할 수 있겠다. 한여름의 시드니, 창밖을 통해 계속해서 들어오는 뜨거운 햇빛에 에어컨을 아무리 세게 틀어도 소용이 없었다. 빨리 바다에 뛰어들고 싶은 마음뿐이다.

북적이는 맨리와 다르게 평화로운 리틀 맨리.

　한참 수영을 하고 나와 리틀 맨리에서 맨리까지 산책을 했다. 시드니의 뜨거운 태양과 건조한 바람 덕에 이렇게 몇 분쯤 걷다 보면 축축했던 옷도 금방 바싹 말랐다. 해변 앞 잔디밭에는 수많은 사람이 삼삼오오 모여 그들만의 아름다운 주말을 즐기고 있었다.

　"제이! 내가 멋진 곳 보여 줄게."

　해가 지는 시간에 맞추어 우리는 노스헤드 룩아웃으로 향했다.

　절벽 아래로는 푸른 바다가 펼쳐져 있고, 바다 건너 저 멀리에는 시드니 다운타운이 한눈에 들어왔다.

　　　　시드니 어쨌든 해피 엔딩

Australia never ceases to amaze me.

시드니 공항,
페로니 바

한국으로 돌아가는 비행기 표를 예약한 후, 가능한 한 빨리 일을 그만두려고 마음먹었지만, 노티스를 내고 2주가 지난 후에도 사장님은 계속해서 일을 주셨다. 여름이 다가오기 시작하면서 이사를 하는 사람들과 한여름의 크리스마스를 위해 대청소를 원하는 사람들이 많아졌기 때문이다. 계속해서 꽤 큰 돈이 되는 청소 일들이 몰려들었고 그렇게 자의 반, 타의 반으로 계획했던 것보다 꽤 많은 시간이 흐르고 난 후에야 나는 일을 그만둘 수 있었다.

일을 그만둔 첫날 아침, 새벽 여섯 시가 되자 저절로 눈이 떠졌다. 눈을 감고 다시 이불 속으로 들어갔다. 일을 가지 않아도 된다는 사실에 너무나도 행복했다. 이제는 며칠 동안 실컷 잠만 자다가 여행을 즐기는 일만 남았다.

오후 두 시, 눈을 뜨자마자 차를 타고 파라마타 로드에 있는 맥도날드로 향했다. 앵거스 버거 세트 하나와 맥 스파이시 치킨버거 하나를 사서 집에 돌아왔다. 거실에 앉아 햄버거 두 개, 프렌치프라이, 콜라 한 컵을 모두 먹어 치웠다. 그리고 소파 위에 누워 또다시 잠을 청했다.

오후 여섯 시, 학교에서 돌아온 아미르가 운동을 가자며 잠을 깨웠다. 모자를 푹 눌러쓰고 어깨에 타월을 걸친 후 그를 따라 집을 나섰다.

오후 일곱 시 반, 한 시간 정도 짧은 운동을 마치고 집에 돌아왔다. 프로틴 파우더와 냉동 블루베리를 우유와 함께 갈아 마신 후, 양파와 버터, 소금, 후추와 함께 스테이크를 구웠다. 스테이크를 담은 접시와 와인잔을 들고 테라스 소파에 앉았다. 일을 하지 않는다는 사실만으로도 행복이 밀려왔다.

오후 여덟 시 반, 학교를 마치고 돌아온 티아고가 우리 모두에게 물었다.

"헤이 브로, 내가 좋은 일자리 하나 물어왔는데 할 사람 있어? 하루 일당이 거의 200불이야."

우리 집에 있는 남자들 중 새벽 시간에 일을 할 수 있는 백수는 나와 어윈 둘 뿐이었다. 어윈이 하겠다고 말했다. 나는 유튜브를 통해 흘러나오는 음악을 들으며 그들의 말에 귀 기울이지 않았다.

얼마 후, 티아고가 다시 테라스로 나와 나를 불렀다.

"제이!"

어윈은 여권을 분실했기 때문에 공항에 입장 자체가 불가능하다고 했다.

"나 오늘 일 그만둔 첫날이야. 지금 시드니에 도착한 후로 제일 행복한 순간이니까 방해하지 말아 줘."

티아고가 제안한 일은 밤 10시에서 새벽 4시까지, 시드니 공항 안에 있는 페로니 바 건설 현장에서 건축 자재를 나르고 폐기물 등을 버리는 일이었다. 밤낮이 바뀌는 문제가 있었지만 그래도 페이가 꽤 괜찮았다. 오늘에서야 겨우 자유의 몸이 된 나는 단호하게 그의 제안을 거절했다. 하지만 결국 계속되는 티아고의 설득에 넘어갔다.

그렇게 아침 여섯 시부터 열네 시간 동안 누렸던 백수의 자유는 오후 여덟 시에 끝이 났다.

그래, 조금만 더 벌면 되지.

방 구석구석을 뒤져 캐리어 안에 방치되어 있던 '화이트 카드'를 찾았다. 화이트 카드는 호주에서 건설 관련 직종에서 현장 일을 할 때 필수적인 안전 교육 수료증 같은 것으로, 이 카드 없이는 건설 현장에서 일하는 것이 불가능하다. 호주에 도착하고 이튿날 저녁, 마이크의 집 침대 위에 누워 혹시나 하는 마음으로 따 놓고 그 존재를 완벽하게 잊고 있었는데, 오늘 운명처럼 이 카드를 쓸 수 있는 날이 찾아왔다.

호주 공사 현장은 안전화와 형광으로 빛나는 안전복 없이는 입장 자체가 불가능하다. 티아고는 방으로 들어가더니 옷장에서 형광 옷더미를 꺼내 거실로 던져 주었다. 그리고 어윈은 신발장에서 자신의 안전화를 꺼내 주었다. 키가 큰 어윈의 신발은 크기가 꽤 컸지만, 티아고가 축구 경기를 할 때 신는 두꺼운 양말을 빌려 신고 끈을 꽉 묶으니 그래도 신을 만했다.

일을 하기로 결정한 지 30분 만에 일할 준비를 모두 끝마쳤다.

여권과 화이트 카드를 다시 한번 확인하고는 아홉 시가 살짝 넘은 시간, 티아고 그리고 알렉스와 함께 집을 나섰다. 어두운 밤, 시드니의 도로는 꽤 한산했다. 그 덕에 우리는 여유 있게 목적지에 도착할 수 있었다. 우선, 터무니없이 비싼 공항 주차장 요금 덕분에 우리는 공항 근처 주택가를 돌며 주차할 장소를 찾았다. 시드니의 벌금은 무지막지하게 비싸기 때문에 티아고는 그 자리가 주차가 가능한 자린지 몇 번이고 확인했다.

깜깜한 밤하늘 아래 저 멀리 반짝반짝 빛나는 킹스포드 스미스가 보였다.

공항에 도착하자마자 철저한 신분 검사와 검색이 시작되었다. 공항 안에서 하는 일이기 때문에 일을 시작하기 전 꽤 까다로운 절차를 거쳐야 했다. 여권을 제출하고, 철저하게 비행기를 탈 때와 똑같은 절차를 통과한 후에야 공항 안쪽으로 들어올 수 있었다. 그리고 'Employees Only'라고 쓰인 문을 통과해 사무실이 줄지어

있는 복도를 따라 걸었다. 복도에는 우리처럼 형광 옷을 입은 사람들이 가득했다. 우리는 복도 바닥에 쭈그려 앉아 일이 시작되기를 기다렸다.

시드니 어쨌든 해피 엔딩

복도에 앉아 대기하던 중 페드로를 만났다. 보통 주중에는 공사장에서 일을 하고 주말에는 클럽에서 디제이를 한다는 페드로는 꽤 흥미로운 삶을 살고 있었다.

그는 나에게 베개와 이불이 놓여 있고 창문 옆에는 옷가지들이 가지런하게 걸려 있는 회색 홀덴 왜건의 트렁크와 뒷좌석 사진을 보여 주고는 그것이 자신의 집이라고 말했다. 벌써 반년째 차에서 지내고 있다는 그는 차에서 지내는 삶의 낭만에 대해 말했다.

"매일 밤 지도를 켜고 바다 근처 적당한 장소를 찾아가 주차를 해. 그러면 아름다운 바다 위에 떠오르는 따뜻한 태양과 함께 아침을 맞이할 수 있어. 그리고 시드니에는 24시간 동안 운영되는 수많은 짐이 있기 때문에 씻는 것도 큰 문제는 아니야."

나는 한동안 그의 이야기에 빠져 그가 살고 있는 삶을 상상했다.

차에서 지내는 삶이 낭만적이라 말하는 것도, 그 이야기가 멋지게 느껴지는 것도, 모두 다 우리가 호주에 있기에 가능했다.

호주는 항상 우리 모두에게 어떤 마법을 부린다.

도착한 지 한 시간 반 정도가 지난 후에야 길었던 대기 시간이 끝이 났다. 아무것도 하지 않고 우리는 벌써 30불 이상을 벌었다. 무거워진 엉덩이를 이끌고 본격적으로 일을 시작하기 위해 현장에 갔다. 우리가 할 일은 공항 안 페로니 바를 만드는 데 사용할 대리석이나 나무 등의 자재들을 운반하는 것과 공사를 하면서 나오는 현장의 폐기물들을 공항 바깥으로 싣고 가서 버리는 것이었다. 한

번 바깥에 폐기물을 버리고 나면, 공항의 철저한 보안상 다시 들어오기 위해 처음부터 모든 절차를 거쳐 보안 검색대를 통과해야만 했는데, 그렇게 다시 모든 것을 통과해서 제자리로 돌아오는 것만으로도 족히 20분 가까운 시간이 걸렸다.

나와 티아고, 알렉스, 페드로가 한 그룹이 되었다. 공사 현장에서 일한 경험이 많은 티아고는 계속 일을 받기 위해서 다른 사람들보다 열심히 하는 모습을 보여야 한다고 말했다. 그는 슈퍼바이저가 이곳을 지날 때마다 커다란 목소리로 신호를 보냈고, 우리는 그의 목소리가 들릴 때마다 더 열심히 일하는 모습을 보여 주었다. 우리의 계획은 완벽하게 통했다. 슈퍼바이저는 다음 날에도, 그다음 날에도, 우리에게 연락을 했다.

시드니 어쨌든 해피 엔딩

일을 하고 집에 돌아오면 테라스에 앉아 맥주를 한잔 마시며 떠오르는 태양과 함께 잠이 들었다. 오후 여섯 시가 되면 아미르와 함께 운동을 한 후, 때가 되면 시드니 공항으로 향했다. 그렇게 또 눈 깜짝할 사이에 시간이 한참 흘렀다.

이제는
떠날 때가
되었다

새벽 두 시, 시드니 공항 안 페로니 바 공사 현장.

화장실로 들어가 손과 얼굴에 묻은 먼지를 씻어 내며 떠나야 할 때가 한참 지났음에도 떠나지 못하고 있는, 거울에 비친 내 모습을 바라보았다. 그놈의 돈이 뭐길래.

"나 오늘 마지막이야."

공사 현장 한쪽에서 폐기물을 손수레에 싣고 있던 티아고와 알렉스에게 다가가 말했다.

"Fuck bro! 무슨 소리야!"

어차피 얼마 뒤면 현장이 끝날 텐데 티아고는 어렵지도 않고 돈도 많이 주는 이 일을 두고 떠나겠다고 하는 나를 절대로 이해할 수 없다는 듯 말했다.

하지만 앞으로 호주를 떠나기까지 남은 한 달 반, 사실 돈보다 중요한 것이 따로 있었다. 나는 단 하루도 더 이상 지체할 수 없었다.

새벽 다섯 시, 48 프레더릭 스트리트, 애쉬필드.

피곤함에 지친 티아고와 알렉스는 집에 도착하자마자 곧장 방으로 들어갔다. 더러워진 옷가지를 빨래통에 던져 넣고 어원이 빌려준 안전화를 신발장에 조용히 올려놓았다. 48 프레더릭 스트리트는 평소의 모습답지 않게 굉장히 고요했다.

이제는 떠날 때가 되었다.

새벽 여섯 시, 샤워를 마치고 나오자마자 무작정 차에 올라탔다. 구글에 울런공 주변 유명한 관광지들을 검색했다. 울런공으로 향하겠다는 것을 제외하고는 아무런 계획이 없었다. 키아마 블로우 홀이 눈에 들어왔다. 우선 키아마 블로우 홀까지 내려갔다가 시드니로 다시 올라오는 길, 울런공을 들러야겠다. 떠오르기 시작하는 눈 부신 태양 빛에 선글라스를 꼈다. 이제 막 일을 마치고 왔다는 사실이 무색하게도 활력이 넘쳤다. 스피커를 통해 박재범의 노래 〈Me like yeah〉가 흘러나왔다. 시드니 생활 내내 이 노래를 정말 수도 없이 들었다. 언제라도 이 노래를 들으면 시드니에서의 이 순간들이 그려질 것이 분명했다. 나는 한 음악에 빠지면 시도 때도 없이 같은 음악을 반복해서 듣는 편인데, 이렇게 하면 나도 모르게 어떤 추억을 떠올릴 때 그 기억 속에 음악이 함께한다. 반대로 갑자기 흘러나오는 어떤 노래를 들을 때면 그때의 추억이 하나, 둘 새록새록 떠오른다.

얼마 후, 출발하기 전의 에너지와 패기는 온데간데없이 사라졌다. 출발한 지 한 시간도 채 지나지 않아 몬스터를 들이키며 졸음과 싸우기 시작했다. '룩 아웃' 표지판이 보이자마자 그곳으로 들어가 차를 세우는 동시에 잠이 들었다. 그리고 잠에서 깼을 때는 이미 세 시간이 지나 있었다. 사우나가 따로 없었다. 등은 땀으로 흠뻑 젖었고 컵 홀더에 있던 에너지 드링크는 뜨거운 커피처럼 끓고 있었다. 기지개를 켜며 밖으로 나갔다. '룩 아웃'이라면 어딘가에 분명 경치 좋은 곳이 있을 텐데, 카페처럼 보이는 건물 하나를 제외하고는 딱히 특별한 것이 없는 듯 보였다. 그렇게 아무 기대 없이 잠도 깰 겸 주위를 둘러보던 나의 눈앞에는 절벽 아래로 그림 같은 멋진 마을과 바다가 펼쳐졌다.

이곳의 이름은 '불리 룩 아웃'

산 아래 저 멀리 길게 늘어선 해변을 따라 펼쳐진 마을이 보였다. 사진을 아무리 찍어도 내 두 눈을 통해 보이는 모습과는 다르게 느껴졌다. 이런 경치를 볼 때면 카메라에 다 담을 수 없다는 사실이 너무나도 아쉬웠다. 대신 내 두 눈에 담아가야겠다.

홀로 그곳에 서서 한참을 머물렀다.

이제 막 여행을 시작했을 뿐인데 세상을 다 가진 것만 같은 기분이 든다.

키아마

이미 꽉 찬 주차장을 몇 바퀴 돌아 빈자리를 찾아 차를 세웠다. 아름다운 바다에 둘러싸인 이 작은 동네는 평화로운 느낌을 주었다. 키아마 등대를 향해 올랐다. 하늘에서부터 길게 늘어져 내려오는 따뜻한 햇살에 눈이 부셨다. 푸른 바다를 배경으로 사진을 찍고 싶은 마음에 지나가는 아저씨에게 사진을 찍어 달라고 부탁했다. 아저씨는 자신이 찍은 사진이 만족스럽다는 듯 엄지손가락을 세우며 나에게 다시 휴대 전화를 건넸다. 사진 속, 커다랗게 확대된 나의 모습 뒤로 푸른 바다의 모습은 보이지 않았다. 여행지에서 사진을 부탁하고 싶을 땐 한국 사람을 찾아야 한다는 말이 사실인가 보다. 타이머를 맞추고 돌멩이를 이용해 벤치 위에 휴대 전화를 고정했다. 그리고 담고 싶은 배경을 향해 뛰어들었다. 만족스럽지는 않지만 그리 나쁘진 않았다.

등대 아래 사람들이 몰려 있는 곳으로 향했다. 난간 아래로는 계속해서 끊임없이 파도가 밀려들었다. 얼마 후, 파도가 블로우 홀을 통해 멋지게 솟아올랐다.

혼자 하는 여행을 좋아하지 않는다. 사실은 '싫어한다.'라는 표현이 더 맞겠다. 특히 아름다운 것들을 보며 일상에서 느낄 수 없는 뜨거운 감정이 차오를 때면 항상 그것을 나눌 사람이 필요했다. 하지만 왠지 오늘은 달랐다. 하늘, 구름, 파도, 사람들의 표정 하나하나까지 혼자 여행을 하니 보이지 않던 것들이 보인다. 스물여덟이 되도록 한 번도 느껴 본적 없는 감정이다. 태어나서 처음으로 혼자라는 사실이 좋았다.

주차장을 돌아 나가던 중 저 멀리 락풀이 보였다.

Why not?

한 5초 정도 짧은 고민 끝에 주차하자마자 선글라스를 조수석에 벗어 던졌다. 그러고는 곧바로 바다에 뛰어들었다. 아름다운 호주를 발견할 때마다 나와 아미르가 서로에게 했던 말이 떠올랐다.

"God, why did you all-in everything on this land?"

　　"토성은 이십구 년마다 우리가 태어난 순간과 똑같은
위치로 돌아온다고 해."

(…)

　　토성은 이십구 년이 지나면 한 바퀴를 돌아 우리가 태
어난 순간 있었던 하늘의 자리로 다시 돌아온다. 그전까
지는 모든 것이 가능할 것처럼 보이고, 모든 꿈이 이루어
지고, 우리를 가두는 모든 벽을 무너뜨릴 수 있다. 토성이
이 주기를 완성하고 나면 모든 낭만주의는 막을 내린다.
우리의 선택은 돌이킬 수 없고, 한번 정해진 방향을 바꾸
기란 거의 불가능하다.

(…)

　　다음 기회는 토성이 다시 되돌아오는 쉰여덟이나 되어
야 온다는 뜻이다.

-파울로 코엘료, 『불륜』중에서

토성은 29년마다 우리가 태어난 순간과 똑같은 위치로 돌아온다고 한다. 내 나이 스물여덟, 토성이 내가 태어났을 때 있었던 정확한 위치로 돌아오기까지의 시간이 얼마 남지 않았다. 토성이 만드는 내 삶의 한 주기를 꽤 멋지게 마무리하고 있다는 생각이 들었다.

키아마를 떠나 울런공을 향해 올라가던 중, 얼마 지나지 않아 또다시 잠이 쏟아졌다. 구글 지도를 켜고 가장 가까운 해변으로 향했다. 해변으로 향하는 길, 작은 카페에 들어가 아이스 롱 블랙 한 잔을 주문했다. 홀로 돌아다니는 까무잡잡한 아시아인이 신기했는지 창밖을 바라보며 홀로 에스프레소를 마시고 있던 백발의 할아버지가 어디에서 왔냐고 말을 걸었다.

"From Korea."

"Kim Jong un?"

'김정은'을 모르는 사람은 이 세상 어디에도 없다.

할아버지는 사람들은 잘 모르지만 이곳의 바다가 골드코스트의 것보다 훨씬 아름답다고 말했다.

쉘하버 사우스 비치 앞 조용한 주차장에 차를 세우고 바다로 이어지는 작은 오솔길을 따라 걸었다. 오솔길 끝엔 마치 크림 소다 같은 청량한 빛깔의 아름다운 바다가 펼쳐졌다. 일단, 잠깐 눈을 붙이기 위해 적당한 그늘이 있는 곳에 자리를 잡고 누웠다. 그리고 모자를 이용해 얼굴을 가렸다.

얼마나 흘렀을까? 뜨거운 태양 빛에 눈을 떴을 땐 내가 누웠던 그 자리는 더 이상 그늘이 아니었다. 심각하게 새카매진 내 피부. 이젠 정말 나를 한국인으로 볼 사람은 아무도 없을 것이다.

잠들었던 사이 꽤 많은 사람이 해변에 와 있었다. 텀블링을 하며 뛰어노는 소녀들, 아이들과 함께 물놀이를 즐기고 있는 아빠, 커다란 서핑 보드를 들고 바다를 향해 나가는 사람들, 그리고 새카맣게 탄 나. 정신을 차리자마자 바다로 뛰어들어 파도를 위아래로 거슬러 앞으로 나아갔다. 그리고 다시 커다란 파도를 타고 해변으로 돌아왔다. 그렇게 수십 번을 반복했다.

언젠가 우리 집, 내 방 침대 위에 누워 이런 삶을 꿈꾼 적이 있다. 그리고 지금 꿈꿨던 바로 그 장소에 내가 있다. 앞으로 남은 한 달간의 시간이 너무 짧게 느껴진다.

절대로 지겨워질 것 같지 않다.

울
런
공

아주 오래전, 아빠가 이곳에서부터 보낸 엽서
에는 시드니 오페라 하우스, 캥거루와 코알라, 그리고 울런공의 바
다가 있었다.

  쉘하버 비치에서 물놀이를 실컷 즐기고 가까이에 있는 펍으로
들어가 자리를 잡았다. 바다가 보이는 테라스에 앉아 아빠에게 영
상 통화를 걸었다.
  "아빠, 나 울런공이야!"
  아빠가 있던 그곳에 있다는 사실만으로도 감격에 차 소리쳤다.
  "그러니?"
  기쁠 때나 슬플 때나 항상 보통의 감정을 유지하는 우리 아빠는
평소와 다를 것 없는 목소리로 답했다.
  아빠와 함께 울런공의 아름다움에 대해 이야기했다. 이곳의 모
습은 아빠가 있었을 때와 비교해 크게 달라지지 않은 듯했다. 나
중에 우리 가족 모두와 함께 이곳에 오게 된다면 정말 좋겠다. 나
의 이야기를 듣던 아빠는 잠시 후 토니 반스 아저씨에게 연락을 해
보겠다고 말했다.
  아빠는 20여 년 전, 울런공에 있는 기술전문대학인 TAFE NSW
에 연수를 왔고, 그때 TAFE 요리학과에서 학생들을 가르치던 아

저씨를 알게 되었다. 아빠가 한국으로 돌아오고 몇 년 후, 반스 아저씨와 아주머니가 한국에 놀러 왔다. 반스 아저씨는 내 인생에서 처음 만난 외국인이었다. 아저씨, 아주머니와 함께하는 시간 내내 반스 아저씨에게서 눈을 떼지 못했던 기억이 난다. 벌써 20여 년이 흐른 지금도 그때의 기억이 생생하다.

아빠는 잠시 기다리라고 말한 뒤 전화를 끊었다.

해변을 따라 산책을 하는 사이, 아빠에게 다시 전화가 왔다. 오랜 시간이 흘렀음에도 불구하고 아빠는 반스 아주머니의 부모님 전화번호가 적힌 그때의 수첩을 간직하고 있었다. 아빠는 그 번호로 전화를 걸어 울런공에 있는 반스 아주머니의 번호를 알게 되었고, 나는 그 번호로 전화를 걸었다.

"안녕하세요, 아주머니!"

오랜 시간이 지났음에도 불구하고 아주머니도 아빠와 나를 기억하고 계셨다.

평화로운 울런공의 주택가, GPS를 따라간 곳에는 여러 주택 사이에 유난히 정원이 예쁘게 가꾸어진 집이 보였다. 주차를 하고 밖으로 나와 차 유리창에 비친 나의 모습을 바라보았다. 손가락으로 눈썹을 빗고 모자 사이로 삐져나온 머리카락을 대충 쓸어 넣었다.

정원을 따라 올라가 문을 두드렸다.

"석진이구나! 정말 오랜만이다."

시드니에서 차로 한 시간 반 정도 떨어진 울런공, 19년 만의 재회

였다. 가까이에 있다는 것을 알면서도 아줌마와 아저씨를 다시 만
날 수 있을 거란 생각은 한 번도 해 보지 못했는데, 감격스러운 순
간이 아닐 수 없었다. 아저씨가 만든 달콤한 케이크와 커피를 마시
며 옛 기억을 하나씩 꺼냈다. 한국에 오셨을 때 보여 주셨던 사진
속의 아기들은 어느새 열일곱, 열아홉, 어른이 되어 있었다. 마치
타임머신을 타고 이곳에 온 기분이었다. 이렇게 커 버린 나의 모습
을 보는 아저씨와 아주머니도 분명 나와 같은 마음일 것이다.

20여 년이 흐른 지금, 어느새 이렇게 커 버린 나는 아빠가 있던 그곳에 왔다. 이 사실 하나만으로도 가슴 벅찬데, 아빠를 대신해 아빠의 오랜 친구와 함께 보낸 시간은 정말 따뜻했다. 집을 나서며 우리 가족이 다 함께 호주에 오는 날 이곳에서 다시 만나자고 약속했다.

그런 순간이 온다면 우리 모두 너무나 행복하겠다.

긴 하루를 보내고 더욱더 새까맣게 탄 모습으로 애쉬필드에 돌아왔다. 거실 문을 여는 순간 'Sticky Fingers'의 노래 〈How to fly〉가 흘러나왔다. 친구들은 여느 때와 다름없이 테라스에 모여 앉아 유튜브로 음악을 들으며 이야기를 나누고 있었다. 종일 어디에 있었냐는 친구들의 물음에 아름다웠던 오늘 하루에 대해 이야기했다.

"Pass me that Vodka shot bro."
"Cheers!"

시드니 어쨌든 해피 엔딩

쿠지
to
본다이

페란이 방문을 두드리는 소리에 잠에서 깼다. 약속한 시각이 이미 한참 지났다. 어젯밤 앤쏘니와 둘이 테라스에 앉아 박스 와인을 너무 많이 마셨나 보다. 무거운 몸을 이끌고 화장실로 향했다. 샤워를 마친 후, 페란과 함께 거실 소파에 앉아 시리얼과 우유를 먹었다.

오늘의 계획은 쿠지 비치에서 본다이 비치까지 해안선을 따라 6킬로미터 정도 되는 워킹 트레일은 걷는 것. 차를 가지고 가면 다시 쿠지로 돌아와야 하니 오늘은 차를 놓고 대중교통을 이용하기로 했다. 애쉬필드역을 향해 걸었다. 차가 없을 때 애쉬필드 몰에서 장을 보고 난 후 양손에 커다란 봉지를 든 채 낑낑 대며 누나와 이 거리를 걷던 기억이 새록새록 났다. 타운 홀 역에서 내려 버스를 타기 전 세븐 일레븐에 들어가 트레킹을 하며 마실 500밀리리터 물을 두 병씩 샀다. 그리고 다시 버스 위에 올랐다. 차를 산 이후로는 단 한 번도 대낮에 버스를 탄 적이 없었다. 매일 아침 새벽 청소가 끝나고 캔터베리에서 라이카드로 출근했던 때를 제외하고는 이 시간에 버스를 타는 것은 정말 오랜만이었다. 창밖을 통해 보이는 시드니의 모습이 왠지 새롭게 느껴졌다.

우리는 쿠지에서 본다이까지 쭉 이어지는 워킹 트레일을 따라 걷기 시작했다. 이른 시간임에도 불구하고 생각보다 많은 사람이 있

었다. 여기서 본다이까지는 6킬로미터, 걸어서 두 시간 정도가 걸
린다. 새삼 이곳을 떠날 날이 얼마 남지 않았다는 생각이 들었다.
바쁘다는 핑계로 시드니를 더 많이 탐험하지 않았던 것에 대한 후
회가 밀려왔다.

"제이! 워킹 트레일 말고 이쪽으로 가는 건 어때?"

롤러블레이드 타기를 그만두고 요즘 암벽 등반에 빠졌다는 페란은 트레일 밖으로 해안선을 따라 쭉 뻗은 절벽 길을 따라 걷고 싶다고 나를 설득하는 중이다. 미친 생각이 따로 없다고 생각했지만, 결국 그의 바람에 따라 우리는 트레일을 벗어났다. 가끔 끝도 없이 하이 텐션으로 올라가는 페란은 내가 함께 절벽을 따라 걷는다는 사실에 신난 것을 넘어 흥분해 있었다. 나는 그런 페란의 뒤를 따라 걸었고, 언젠가부터는 나도 모르게 절벽을 따라 이어지는 바다를 바라보며 이 순간을 즐겼다. 얼마 후, 절벽 사이사이 자리를 잡고 낚시를 하고 있는 사람들이 보였다. 그들 대부분은 신발에 아이젠까지 차고 만반의 준비를 하고 있었다. 미끄러운 탓에 운동화를 벗어 던진 나의 발을 바라보았다. 우리만큼 제정신이 아닌 사람들은 없는 듯했다. 절벽을 따라 걸어오며 처음에는 맨발이 되었고, 그다음엔 파도에 젖은 티셔츠를 벗어 던졌다.

시드니 어쨌든 해피 엔딩

그렇게 걷고, 수영하고, 절벽에 오르기를 반복하며 꽤 오랜 시간이 흘러 클로벨리 비치, 웨이벌리 공동묘지, 브론테 비치 그리고 타마라마 비치를 거쳐 본다이에 도착했다.

휴대 전화를 꺼내 오늘 본다이에서 친구들과 바비큐 파티를 한다고 했던 티아고에게 연락했다. 본다이 비치 앞 바비큐장에는 시드니에 살고 있는 모든 브라질리언들이 모인 듯했다. 큰 티아고, 로드리고, 안드레, 알렉스, 애쉬필드에 항상 찾아오는 티아고의 브라질 친구들도 모두 여기에 있었다.

"너희 우리가 오늘 어떤 미친 짓을 했는지 알아? 보고도 못 믿을 거야."

그들과 함께 맥주를 마시며 쿠지에서 본다이까지 해안선을 따라 걸어온 우리의 모습이 담긴 사진들을 보여 주었다.

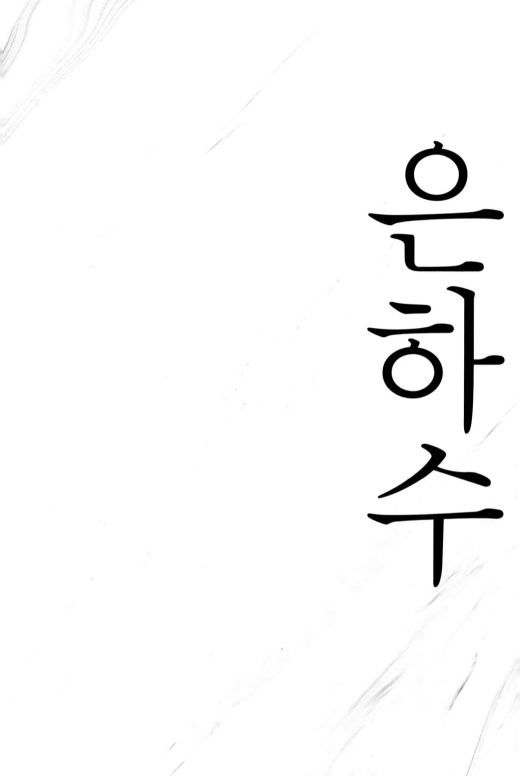

은하수

월요일 아침, 휴대 전화 진동이 울렸다.

"Let's go, mate!"

침대 머리맡에 기대 몇 번이고 눈을 비비며 페란에게 온 메시지를 확인했다.

이틀 전 토요일, 멜버른으로 로드 트립을 떠날 거라는 나의 계획을 들은 페란은 월요일에 회사에 가자마자 휴가 신청을 해 보겠다고 말했다. 그리고 그는 그 말대로 회사에 가자마자 화요일부터 금요일까지 휴가를 냈다. 큰 기대를 안 하고 있었는데 이곳에서는 가능한 일인가 보다. 오늘 저녁 7시, 우린 함께 멜버른을 향해 떠나기로 했다. 로드 트립에 필요한 물품들을 사기 위해 애쉬필드 몰로 향했다. 프로틴 바와 프로틴 밀크, 몬스터 여섯 팩, 그리고 10리터짜리 물 하나를 포함해 500밀리리터짜리 스물네 병 한 꾸러미를 카트에 넣었다. 마지막으로 만약의 상황에 대비해 아미르의 '땅콩 설(인간은 물과 땅콩만 있어도 최소 30일은 살 수가 있어)'을 떠올리며 땅콩을 집어 카트에 넣었다.

오후 두 시쯤, 아미르가 학교를 마치고 돌아오자마자 그와 함께 짐으로 향했다. 아미르는 아직 학기가 다 끝나지 않았기 때문에 이번 여행은 함께할 수가 없었다. 페란과 함께 일주일간 멜버른에 다녀온 후, 아미르의 여름 방학이 시작되는 순간 나는 그와 함께 곧

시드니 어쨌든 해피 엔딩

바로 두 번째 로드 트립을 떠날 계획이었다. 멜버른으로 떠나기 전 마지막 운동을 불태웠다. 3시간에 걸쳐 근력 운동, 수영, 사우나를 마치고 집에 돌아와 차에 짐을 실었다. 테라스에 앉아 아미르와 함께 줄리가 만든 샌드위치를 먹으며 한가로이 페란을 기다렸다.

얼마 후, 나와 아미르 앞에 가죽점퍼를 입은 라이더 한 명이 오토바이를 타고 뒷마당을 통해 멋지게 등장했다.

"What the hell!"

그 남자가 헬멧을 벗어 올리자마자 아미르는 웃음이 터졌다. 주인공은 페란이었다.

애쉬필드에 도착하고 2주일 정도가 지났을 무렵, 그는 애쉬필드에서 대중교통으로 두 시간 정도 떨어진 곳에 있는 의료 기기 만드는 회사에 취직했다. 매일 아침 정신없이 집 밖을 나서던 페란은 출근 첫날부터 3일을 연속으로 지각했다. 그리고 지각 3일째가 되던 날, 생일이 언제냐고 물으며 "생일 선물로 알람 시계를 사주겠다."라는 상사의 뼈 있는 농담에 오토바이를 사기로 했다. 그때 아미르와 나는 오토바이를 한 번도 타 본 적 없다는 페란을 위해 집 뒤편에 있는 센터네리 공원 주변 조용한 주택가로 가서 그의 운전 연습을 도왔다. 처음엔 뒤뚱뒤뚱 직선으로도 잘 가지 못했던 그가, 그것도 갑자기 한여름에 완벽한 라이더 복장을 하고 멋지게 나타났으니 아미르가 웃을 만도 했다.

태양은 이미 저물어 밤이 찾아왔다. 한 번도 안 쉬고 간다고 하더라도 우리는 다음 날 새벽 다섯 시 반쯤 멜버른에 도착할 것이다. 이렇게 목적지가 먼 장거리 운전을 하는 것은 정말 태어나서 처음이었다. 도시를 완전히 벗어난 호주의 밤은 정말 어두웠다. 가로등 하나 없는 도로 위, 자동차 전조등과 오색찬란한 등을 장착한 트럭들의 불빛에 의지한 채 앞만 보고 계속 달렸다. 다행히 하이 텐션인 페란 덕분에 잠은 오지 않았다. 그는 옆자리에 앉아 내 휴대 전화에서 흘러나오는 한국 노래들을 따라 이상한 소리를 내며 차가 떠나갈 듯 노래를 불렀다. 우리는 그렇게 깜깜한 밤 시드니에서 멜버른까지 이어지는 도로 위를 달렸다.

"제이! 룩 앳 더 스카이!"

페란이 갑자기 소리쳤다.

고개를 앞으로 쭉 내밀어 자동차 앞 유리를 통해 하늘을 바라보았다. 사진 속에서만 봐 왔던 무수한 별이 하늘을 빽빽이 채우고 있었다. 우리는 더 많은 별을 보기 위해 의자 밑에 던져 놓은 종이 팩과 가방에 있던 수건을 이용해 차 계기판, CD 플레이어 등에서 흘러나오는 모든 불빛을 가렸다. 하늘에서 눈을 뗄 수가 없었다. 'Rest Area'라는 사인이 보이자마자 차 핸들을 꺾었다. 새까만 밤 하늘 아래 아무도 없는 공터에 차를 세우고 라이트를 끄니 완벽한 암흑이 찾아왔다. 설레는 마음으로 차 문을 열고 밖으로 나가 완벽한 암흑 속에서 하늘을 바라보았다.

하늘을 가로질러 별들이 만들어 낸 길.

"은하수다!"

한 해, 한 해 나이가 들어가면서 점점 완벽하게 새로운 것들이 사라져 갔다. 내 머리 위의 이 아름다운 별들이 뿜어내는 경이로움 아래에 있으니 한동안 잊혀져있던 뜨거운 감정이 차올랐다. 가슴이 뛰었다.

이 별을 볼 수 있다는 사실만으로도 호주에 오길 잘했다는 생각이 든다.

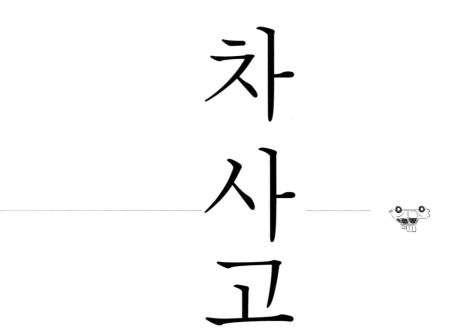

차
사
고

날씨부터가 멜버른에 도착했음을 알렸다. 도시에 진입하고 얼마 후, 갑자기 앞이 보이지 않을 정도로 비가 쏟아지기 시작했다. 꽉 막힌 도로 위, 차를 약간 왼쪽으로 틀고 차선을 바꾸기 위해 기다리고 있는데 뒤에서 달려오던 차가 내 차 옆을 한 번 '쾅'하고 부딪치고 지나갔다. 그러고는 저 멀리 갓길에 비상등을 켜고 차를 세웠다.

"젠장."

나도 그 차를 따라가 바로 뒤에 차를 세웠다.

조그만 도요타 자동차에서 얼굴 가득 산타클로스 같은 하얀 수염이 있는 백발의 할아버지가 내렸다. 그는 우산도 쓰지 않은 채 빗속을 뚫고 우리 쪽을 향해 걸어왔다. 할아버지는 우리가 차에서 내리자마자 운전면허증을 요청했다.

"할아버지, 괜찮으세요?"

할아버지는 우리의 말을 무시한 채 휴대 전화 카메라로 내 면허증과 차 번호판을 찍었다. 그러고는 다시 차로 돌아가 아무 말도 없이 곧바로 그 자리를 떠났다. 나와 페란은 쏟아지는 빗속에서 서로의 얼굴을 바라보았다. 내가 가진 정보라고는 할아버지의 자동차 번호판뿐이었다. 우리 둘 다 비에 흠뻑 젖은 채로 차에 올라타 경찰서에 전화를 걸었다. 자초지종을 설명한 후 내 차와 할아버지

차의 번호를 남겼다. 경찰은 연락이 갈 때까지 기다리라는 말만 남기고 전화를 끊었다. 우리 둘은 눈 깜짝할 사이에 일어난 믿을 수 없는 이 상황에 잠시 할 말을 잃었다.

다행히도 아빠를 닮은 나는 본래 큰일에 감정적으로 대처하지 않는 편이다. 어쩌면 나의 가장 큰 장점이라고 할 수 있다. 이제 막 우리의 목적지에 도착했는데 이 사고로 여행 전체를 망칠 순 없었다. 수리비가 얼마나 나올지 모르기 때문에 걱정이 되기도 했지만, 일단 여행이 끝날 때까지 마음 한편에 묻어 두기로 했다. 연락이 올 때까지 기다리는 수밖에 없었다. 페란은 내가 걱정됐는지 운전대를 잡겠다고 말했다. 우리는 우선 가까운 곳에서 간단하게 아침을 먹기로 했다.

"어차피 일어난 일이야. 일단 다 잊고 즐겁게 놀자!"

그로부터 10분 뒤, 분명 주위에 아무것도 없었는데 '쾅!' 하는 소리와 함께 차가 큰 충격을 받았다. 곧바로 차에서 내려 주위를 둘러보았다. 차 오른쪽 앞바퀴 휠의 한 부분이 움푹 들어가 있었다. 범인은 트램이었다. 멜버른의 도로는 다른 도시들과 달랐다. 운전을 하다 보면 차가 달리는 곳 바로 옆으로 트램이 지나가기도 했고, 아무 생각 없이 직진을 하다 보면 트램 라인에서 달리고 있는 우리를 발견하기도 했다. 비가 많이 오는 탓에 페란은 트램 승강장이 시작되는 연석을 보지 못했고, 그대로 받아 버린 것이다.

쏟아지는 빗속에서 차 옆에 쭈그려 앉아 멍하니 한참을 있었다.

이 여행 제대로 될까?

우린 일단 우리가 있는 곳에서 가장 가까운 몰로 향했다. 몰 안에 있는 카페에 들어가 각자 조개 수프와 샌드위치를 하나씩 시켰다. 시드니를 떠난 지 거의 열한 시간 만에 먹는 제대로 된 식사였다. 조개 수프를 한 수저 뜨며 페란을 바라보았다. 그의 얼굴은 여전히 어두웠다.

"페란, 어차피 일어난 일은 일어난 일이고 이 여행을 즐길 수 있을지 없을지는 우리에게 달린 거야. 일단 다 잊고 여행을 즐기자!"

사실 생각해 보면 그렇게 큰일도 아니다. 어차피 시간이 지나면 우리의 행복한 멜버른 여행의 한 부분으로 기억될 것임이 분명하다. 차 사고는 연락이 올 때까지 그냥 기다리는 수밖에 없고, 찌그러진 휠은 가까운 카센터에 들어가서 펴면 된다.

원래는 호스텔에 들어가 한숨 자고 여행을 시작할 계획이었으나, 지금 들어가 봤자 잠이 올 리가 없었다. 바다를 보고 싶었다. 페란은 스페인에서부터 가지고 온, 스페인어로 쓰인 호주 여행 가이드북을 펼쳤다. 그는 스페인어를 신기하게 바라보는 나에게 영어와 스페인어의 비슷한 점에 대해 한참 설명해 주었지만, 아무리 봐도 뭐가 비슷한 건지는 잘 모르겠다.

Dandenong Ranges National Park, Organ Pipes National Park, Wilsons Promontory National park⋯.

페란은 자연을 좋아한다. 그가 보여 준 몇 가지 국립공원 중 나는 한 치의 고민도 없이 윌슨스 프로몬토리 국립 공원을 택했다. 후보 중 이곳만이 바다와 함께 있었기 때문이다. 아침 식사를 마친 우리는 차에 올라탔다. 페란은 또다시 노래를 부르기 시작했다. 이제 막 열 시간 운전을 끝낸 후, 우린 또다시 세 시간을 달렸다. 얼마 지나지 않아 비가 그치고 구름이 걷혔다. 푸른 하늘 아래 드넓은 초원 위, 방목된 소들과 양들이 한가로이 풀을 뜯어 먹는 모습이 보이기 시작했다.

시드니 어쨌든 해피 엔딩

윌슨스 프로몬토리 국립 공원

이곳엔 파리가 정말 많다. 한순간이라도 손을
휘젓지 않으면 어디선가 금세 수십 마리의 파리가 달려와 온몸에
달라붙었다. 우린 멈추지 않고 서로의 몸에 달라붙는 수십 마리의
파리를 쫓아 내기 위해 쉬지 않고 손을 휘저었다. 잠을 제대로 못
자 몽롱한 상태가 계속되어서인지 피곤함이 몰려왔다. 무거운 몸
을 이끌고 목적지에 무엇이 있는지도 모른 채 계속해서 걸었다. 그
길의 끝에는 드넓은 바다가 펼쳐져 있었다.

지금껏 살면서 이런 풍경을 본 적이 한 번도 없다.

"Is this real?"

이곳엔 지금 나와 페란 그리고 푸른 바다를 제외하고는 아무도,
아무것도 없다.

인간의 흔적이 하나도 없는 아름다운 지구는 이렇게 생겼구나.

나의 상상력은 이런 모습의 지구를 그리기에 충분하지 않았나
보다. 나도 페란도 지금까지 본 적 없는 자연의 경이로움에 감탄을
멈추지 못했다.

나중에 사랑하는 사람과 함께 이곳에 꼭 다시 오겠다는 다짐을 했다. 시드니로 돌아와 아름다웠던 나의 젊은 날을 하나, 하나 함께 추억해야지.

도시로 돌아가기 위해 우리는 다시 차에 올랐다. 멜버른으로 향하는 도로 위, 뚱뚱하고 동그란 다람쥐 같은 게 도로 위에 서서 우리를 멀뚱멀뚱 바라보고 있었다. 차를 멈춰 세웠다. 웜뱃이었다. 실제로 만난 웜뱃은 마치 다람쥐를 '잠만보'처럼 뚱뚱하게 늘려 놓은 모습을 하고 있었다. 조금 더 가까이에서 보고 싶은 마음에 엑셀을 밟지 않고 최대한 천천히 다가갔다. 차가 가까워지는 순간, 그 뚱뚱한 다람쥐는 재빨리 도로 밖을 향해 뛰어 달아났다.

동물들마저도 새로운 모습을 하고 있는 이 땅은 정말 신비로운 곳이다.

멜버른에 다시 도착하기 한 시간 전쯤, 페란은 스마트폰으로 다운타운에 있는 가격이 적당한 호스텔을 검색했다. 그리고 CBD에 있는 스페이스 호스텔을 예약했다. 시드니를 떠난 지 대략 24시간 후에야 드디어 침대에 누울 수 있게 되었다. 주차 공간을 찾아 호스텔 주변을 돌고 돌던 우리는 운이 좋게도 호스텔 정문 바로 앞에 한 자리를 찾았다. 주차 기계에 오후 여섯 시 반까지 한 시간 반 정도의 주차 요금을 지불했다. 다시 주차 요금 계산이 시작되는 내일 일곱 시 반 이전에만 차를 빼면 된다. 호스텔은 이 정도 가격이면 꽤 훌륭한 듯했다. 여섯 명이 함께 쓰는 방에 나란히 놓여 있던 세 개의 2층 침대 중 우리는 유일하게 비어 있던 가운데 침대로 갔다. 페란은 1층, 나는 2층에 자리를 잡았다. 그러고는 각각 침대에 오르는 즉시 그대로 뻗어 버렸다.

열 시간의 운전 후, 곧바로 이어진 왕복 여섯 시간의 운전은 역시 무리였나 보다. 다음 날 아침, 페란이 침대 위로 올라와 몇 번을 깨웠음에도 불구하고 나는 잠에 취해 침대 위에 누워 종일 호스텔 안에서 시간을 보냈다. 저녁 늦은 시간, 모두가 잠든 사이, 잠이 오지 않았다. 깜깜한 호스텔 숙소 안, 이어폰을 꽂은 채 음악을 들으며 스마트폰을 만지작거렸다.

새벽 두 시, 내가 지금 한국에 있었다면 당장 편의점에 맥주를 사러 갔겠지.

멜
버
른

"Good morning, Jay."

다음 날 아침 6시, 페란은 상쾌한 얼굴로 나를 깨웠다.

오늘은 티피 투어를 가는 날.

티피 투어를 떠나 있는 동안 레디를 주차 요금이 없는 안전한 장소에 주차해 놓아야 했다. 우리는 세인트 킬다 해변과 그리 멀지 않은 곳에 있는 주택가에 적당한 장소를 찾아 차를 세웠다. 1박 2일 동안 별일이 없기를 바라며 콘솔 박스에서 구겨진 종이를 꺼내 전화번호를 적고 운전석 대시 보드 위에 올려놓았다. 1박 2일 동안 필요한 물품들을 제외하고는 모든 짐을 그대로 차에 두었다.

잘 갔다 올게.

이른 아침, 조용하고 분위기 좋은 카페를 찾아 바다를 바라보며 커피와 샌드위치를 먹는 상상을 하며 세인트 킬다 해변 주변에서 아침 식사를 할 적당한 카페를 찾아다녔다. 하지만 무슨 이유에선지 대부분의 가게가 문을 닫았다. 잠시 후, 우리는 카페를 찾아다니는 것을 포기하기로 하고 세븐일레븐에 들어가 멜버른의 교통카드 '마이키'와 함께 신라면을 하나씩을 샀다. 커피 머신에서 뜨거운 물을 받아 컵라면에 붓고 밖으로 나와 편의점 앞 벤치에 앉았다. 금세 컵라면을 해치운 우리는 편의점에서 파는 캔 커피 하나씩을 들고 트램역으로 향했다. 내 삶의 첫 트램. CBD로 향하는 길. 분명 나는 기차 안에 있는데 바로 옆으로는 차들이 쌩쌩 달린다.

"그레이트 오션 로드에 가고 싶으면 페이스북에서 티피 투어를 찾아봐."

멜버른으로 떠나기 직전, 거실에서 짐을 정리하고 있는 사이, 댄이 말했다.

티피 투어는 멜버른에서 함께 벤 하나를 타고 출발해 그레이트 오션 로드를 달리며 서핑을 배우고, 저녁때는 티피(원주민들의 오두막)에서 바비큐를 즐기는 1박 2일 투어로 이 투어의 일정에는 그레이트 오션 로드에서 우리가 가고 싶었던 모든 장소가 포함되어 있었다. 그리고 기름값, 숙박비, 식비 등 여러 가지를 모두 포함한 250불이라는 가격도 나쁘지 않았다. 우리는 큰 고민 없이 5분 만에 결정과 예약을 마쳤다.

이른 아침, CBD 광장 앞 많은 사람 사이에서 앤드류는 우리를 쉽게 알아보았다. 사실 아무리 많은 사람 사이에 있어도 한국 남자와 스페인 남자, 둘의 조합을 찾는 일은 별로 어려운 것이 아닐 것이다.

한국, 스페인, 호주, 영국, 스코틀랜드, 네덜란드, 독일, 루마니아, 다양한 곳에서도 왔다. 언어도, 키도, 머리색도 모두 다른 열두 명이 밴 안을 꽉 채웠다. 나와 페란은 맨 뒷자리에 자리를 잡고 앉았다. 밴의 뒷유리를 통해 창밖을 바라보았다. 우리의 짐을 실은 조그만한 트레일러가 뒤꽁무니를 귀엽게도 따라왔다. 출발과 동시에 앤드류는 티피 투어에 관한 간단한 설명을 시작했다. 스물넷, 아담과 앤드류가 티피 투어의 창립자인 동시에 가이드였다. 그들은 세계 이곳저곳 방방곡곡을 여행한 끝에 멜버른으로 다시 돌아와 어떻게 하면 이곳에 여행을 온 사람들에게 진짜 멜버른의 모습을 보여 줄 수 있을지 고민하다가 이 투어를 기획했다고 했다. 그는 티피 투어에 대한 간단한 설명을 끝낸 후 자신의 아이폰을 뒷자리로 건네며 재생 목록에 듣고 싶은 곡을 하나씩 추가하라고 말했다. 그리고는 음악을 추가하는 동안 한 명씩 자신과 자신이 살고 있는 도시에 대한 간략한 소개를 요청했다.

(예를 들면, '내 이름은 앤드류야. 나는 스물네 살이고 멜버른에 살고 있어. 내가 살고 있는 멜버른은 커피가 유명한 곳이야.' 이렇게.)

마치 대학교 신입생 때로 돌아가 MT에 온 것 같은 기분이었다. 바르셀로나, 암스테르담, 런던, 글래스고를 거쳐 내 차례가 되었다. 평생을 대전에 살았지만 '살기 좋은 과학의 도시'라는 것 이외에는 대전을 설명할 길이 없다.

"나는 제이야. 스물여덟 살이고, 한국에 있는 대전이라는 곳에서 왔어. 대전은… 대전은 살기 좋은 과학의 도시야."

차 안에 있던 사람들은 내가 스물여덟 살이라는 사실에 깜짝 놀랐다. 외국 사람들은 동양인들을 실제 나이보다 굉장히 어리게 생각하는 경향이 있다. 이런 반응에 기분이 좋다는 것은 나도 나이를 먹어 가고 있다는 증거겠지. 한 살이라도 나이가 더 들어 보이

기 위해 애쓰던 때가 엊그제 같은데, 나도 이제 서른을 향해 가고
있다.

　하나둘씩 잠들기 시작하는 사람들 사이에서 나는 홀로 음악에
취해 차창 밖을 바라보며 완벽하게 낯선 장소에만 느낄 수 있는
즐거움을 마음껏 누렸다. 열두 명이 제각각 선택한 노래는 마치
거짓말처럼 한 곡도 빠짐없이 지금 이곳의 분위기와 잘 어울렸다.
얼마 후, 우리는 도시를 벗어났다. 앤드류는 도로를 가로질러 커
다랗게 그레이트 오션 로드라고 쓰인 메모리얼 아치에 앞에 차를
세웠다. 앤드류는 이제 티피 투어의 시작을 알리는 중요한 사진을
찍을 거라며 모두에게 준비가 됐는지 물었다. 우리의 계획은 차가
달리는 도로 중앙으로 달려 들어가 차가 오기 전 메모리얼 아치
아래에서 빠르게 사진을 찍고 빠져 나오는 것이었다. 위험해 보이
기도 하지만 우리는 앤드류를 믿었다. 앤드류의 "Go!" 소리와 함
께 다 같이 차도로 뛰어들었다. 차가 안 보이는 것을 확인하면 차
도로 달려가 사진을 찍고, 멀리서 차가 빠르게 다가오면 다시 도
로 밖으로 피하며 여러 번을 반복한 끝에 모두가 만족할 만한 멋
진 사진을 건졌다.

　이제 피곤함이 조금 가셨나 보다. 다음 목적지로 향하는 길, 다들 이야기를 나누느라 정신이 없었다. 네덜란드에서 온 에비는 자신이 암스테르담에서 왔다고 이야기할 때마다 모두가 대마초에 대해서만 이야기하는 것이 싫다고 말했다. 암스테르담은 다른 아름다운 것도 많은 도시인데 사람들이 선입견을 가지고 단편적인 것들에만 집중하는 것이 마음에 들지 않는다고 했다. 한국에서 왔다고 말하면 모두가 '김정은'이나 〈강남스타일〉을 먼저 떠올리는 것과 비슷한 이치인가 보다. 하지만 더치들은 모두 크다는 선입견은 사실인 듯하다. 소피와 야라는 딱 봐도 키가 180센티는 훌쩍 넘어 보였다. 그리고 얼굴만 봤을 땐 작을 것 같은 에비도 일어서니 나와 키가 비슷했다. 영국 고등학교에서 학생들을 가르치고 있는 리지는 영국 십대들의 거친 삶에 관해 이야기해 주었다. 아무리 학교에서 사건 사고가 늘었다고 하지만 그녀의 이야기를 듣고 있자니 영국 학생들에 비하면 한국 학생들은 굉장히 양호한 편이라는 생각이 들었다. 스코틀랜드에서 온 제임스는 사진을 찍는 것이 취미라고 말하며 호주를 여행하는 동안 찍은 수많은 사진을 보여 주었다. 페란은 평소 모습대로 완전 신이 났다. 가끔 수위 조절이 되지 않는 문제가 있기는 하지만, 그는 에스파뇰 특유의 자유스러움으로 어딜가든 이야기를 주도했다. 일, 워킹 홀리데이, 여행, 공부 등 서로 다른 이유로 전 세계 곳곳에서 이곳으로 모인 우리는 금방 서로의 공통점을 찾으며 함께 그레이트 오션 로드 위를 달렸다.

앤드류는 두 시간 정도를 더 달려 바닷가 앞에 차를 멈춰 세웠다. 수트와 보드 등 서핑 장비들로 가득한 커다란 트레일러가 하나 보였다. 트레일러 앞에는 한눈에 봐도 우리에게 서핑을 알려 줄 사람이라고 생각되는 여자 한 명이 서 있었다. 서핑하는 사람들은 까만 피부에 건강한 몸, 여유로운 듯 에너지 넘치는 그들만의 특별한 느낌을 가지고 있다. 그녀와 인사를 나누며 하나씩 차례대로 서핑 장비를 받은 우리는 화장실로 가서 서핑복으로 갈아입었다. 모든 준비를 마친 뒤 해변에 나가서 동그랗게 두 그룹을 만들고 자리를 잡았다. 그녀의 지시에 따라 보드 위에 엎어졌다가 일어서는 동작을 반복했다.

서핑 보드 위에 엎드리고, 파도가 오기 시작하면 양손을 힘껏 저으며 앞으로 나아가다가, 파도가 가까워지는 동시에 보드 위에서 일어난다.

이론은 간단하지만 현실은 다르다. 타이밍을 맞추어 보드 위에서 일어서는 것조차 쉽지 않다.

대부분의 사람은 오늘 서핑이 처음이었기 때문에 발리에서 이틀 동안 서핑을 배웠던 나는 보드 위에서 일어서는 것만으로도 사람들의 박수를 받았다. 그렇게 두 시간 정도의 서핑 후 우리는 모두 녹초가 되었다.

그레이트 오션 로드를 달리는 모든 순간, 1분 1초가 지루할 틈이 없었다. 차 오디오에서 흘러나오는 음악을 들으며 차창 밖으로 펼쳐지는 대자연을 바라보는 것만으로도 행복함이 밀려왔다.

아름다운 것을 바라볼 때마다 저절로 사랑하는 사람들의 얼굴이 떠오른다.

그들과 이 순간을 함께하고 싶다.

호주는 나로 하여금 하루에도 수십 번 사랑하는 사람들을 떠올리게 만드는 그런 곳이다.

　드디어 도착한 티피, 캠핑장 한 곳에는 근사한 티피가 자리 잡고 있었다. 따뜻한 옷으로 갈아입고 티피 앞으로 모인 우리는 호주의 아웃백에 모여 앉아 바비큐를 시작했다. 한 손엔 맥주를 들고 기다렸다가 순서대로 앤드류가 구워 주는 스테이크를 받아먹었다. 어느덧 해가 지고 밤이 찾아왔다. 깜깜한 밤, 티피 안의 모닥불 주변에 둘러앉아 앤드류의 기타 소리에 따라 노래를 부르고 게임을 했다. 어느 곳에서 왔든, 어떤 삶을 살았고 어떤 삶을 살고 있든, 우리는 그레이트 오션 로드의 밤하늘 아래 모두 함께 이 순간을 즐겼다.

　다음 날 아침, 앤드류가 나를 깨웠을 때 티피 안에는 남아 있는 사람은 나와 다니엘뿐이었다. 어젯밤 나는 술에 취해 티피 안에 설치된 해먹 위에 눕자마자 곯아떨어졌다. 어디서든 잠을 잘 자는 나는 여행을 하기 참 좋은 사람이다. 티피 앞, 페란은 눈을 뜨자마자 다른 친구들에게 요가를 알려 주고 있었다. 그는 머리를 땅에 대고 하늘을 향해 다리를 길게 쭉 뻗는 요가 동작을 멋지게 보여 주고는 흐뭇한 표정을 지었다. 오늘 아침은 셀프 샌드위치였다. 테이블 위에는 각종 소스와 빵 그리고 소시지와 버거 패티가 놓여 있었고, 우리는 각자 원하는 빵과 고기를 골라 샌드위치를 만들어 먹었다. 고기는 캥거루 고기와 소고기 두 종류가 있었다. 나는 소고기를 골랐다. 캥거루는 왠지 먹으면 안 될 것 같은 생각이 든다. 호주에 도착한 지 얼마 안 되었을 때 코스트코에서 파는 캥거루 미트 파이를 먹어 본 적이 있었는데, 먹는 내내 귀여운 캥거루가 계속해서 눈앞을 맴돌았고, 그 이후로 '캥거루는 먹으면 안 되는 것'이라는 결론을 내렸다.

멜버른으로 돌아가는 길, 그레이트 오션 로드하면 빼놓을 수 없는 '로크 아드 고지'와 '열두 사도 전망대'라고 불리는 'Twelve Apostles'에 들렀다. 정말 대자연이 우리에게 주는 아름다움과 경이로움은 끝이 없다. 영상과 사진에서만 보던 이 곳에 내가 와 있다는 사실이 여전히 믿기지 않았다.

　레디의 뒷좌석 의자를 접으면 넓지는 않지만 딱 두 명이 누울 정
도의 공간이 나온다. 호스텔에서 머문 이틀을 제외하고는 매일 밤
바다가 보이는 곳에 자리를 잡고 해변이나 선착장에 걸터앉아 맥
주를 마셨다. 그리고 아침이 되면 떠오르는 태양 빛에 자연스럽게
잠에서 깼다.

세인트킬다, 필립 아일랜드, 〈미안하다, 사랑한다〉에 나왔던 그
라피티 가득한 거리, 거리의 예술가들, 에보리진 박물관.

나의 첫 로드 트립.

시드니 어쨌든 해피 엔딩

굿바이, My 1999, HR-V

시드니로 향하기 전, 멜버른에 있는 카센터에
들러 엔진 오일을 교환하고 찌그러져 있던 휠을 폈다. 99년식 혼다
HRV, 이 오래된 자동차는 감사하게도 반년이 넘는 시간 동안 단
한 번도 사소한 문제조차 일으키지 않았다. 시드니로 다시 돌아가
는 길, 페이스북 페이지와 검트리, 카 세일즈 등에 광고를 올렸다.
앞으로 일주일 뒤, 나는 아미르와 함께 호주를 떠나기 전 두 번째
로드 트립을 떠날 계획이다. 그러니 나에게 레디를 팔 수 있는 시
간은 단 일주일뿐이다. 시드니에 도착하자마자 세차장에서 일했던
실력을 발휘했다. 역시 모든 것은 배워 두면 쓸모가 있다.

로드 트립을 떠나기 전까지 짧은 시간 안에 차를 팔아야만 한다
는 사실 때문에 걱정이 많았는데, 저렴한 가격 때문인지 차를 올
리자마자 꽤 많은 사람에게서 연락이 왔다.

시드니에 도착한 다음 날 오후, 첫 번째 손님이 찾아왔다. 애쉬
필드역 앞에서 만난 독일에서 온 그녀는 친구와 함께 로드 트립을
계획 중이라고 말했다. 문제는 운전석이 반대쪽에 있는 호주에서
운전을 한 번도 해 보지 않았다는 것. 만나자마자 예상치 못한 운
전 교육이 시작되었다. 차가 많지 않은 주택가에 차를 세우고 그녀
에게 운전대를 넘겨주었다.

"왼쪽으로 가야 한다는 사실만 잊지 않으면 돼."

조수석에 앉아 그녀에게 말했다.

30분이 넘도록 계속된 운전 연습에도 우측통행을 고집하던 그녀는 아직 운전하는 것은 무리인 것 같다며 포기했다.

그리고 그날 밤 10시, 인도 청년 하나가 차를 보기 위해 할아버지, 아버지, 어머니 그리고 여동생까지 데리고 48 프레더릭 스트리트 앞으로 찾아왔다. 손전등을 켜고 차 밑까지 엎드려 들어갔다 나오며 30분도 넘게 이곳저곳을 세심히 살피던 인도 청년과 아버지는 나에게 차 가격의 거의 절반을 깎아 달라고 말했다. 미안하지만 패스.

그다음 날에는 시드니 근교의 농장에서 지내고 있다는 한국 사람이 찾아왔다. 농장에서 함께 일했던 사람에게 샀다는 오래된 현대 악센트는 차가 자꾸 찐빠를 해 정비소에 가지고 갔더니 엔진 피스톤 네 개 중 두 개가 나가 있었다고 했다. 피스톤이 두 개만 살아 있어도 차가 굴러가기는 하는가 보다. 그는 단번에 구매를 결정했다. 필요한 서류를 작성해서 그에게 주었다. 얼마 후, 차량 등록을 마치고 그는 친구와 함께 다시 애쉬필드로 돌아와 레디를 가지고 떠났다.

로스트 파라다이스

마지막
로드 트립

시드니를 떠나 브리즈번으로 향하기 전, 마지막 로드 트립을 위한 준비와 함께 한국으로 돌아갈 준비까지 모두 마쳤다. 여행이 끝나면 브리즈번에서 시드니로, 그리고 그다음 날은 시드니에서 인천으로 가는 비행기에 오를 계획이다. 한국으로 가지고 갈 짐을 모두 커다란 두 개의 캐리어에 가득 채워 넣었다. 이 두 개의 캐리어에 나의 호주 생활 전부가 담겨 있다. 방 안에 덩그러니 놓여 있는 캐리어를 보니 이상한 기분이 든다. 아직 내가 이곳을 완전히 떠날 것이라는 사실이 전혀 믿기지 않는다.

일주일 동안의 로드 트립을 위한 나의 짐은 꽤 간단했다. 호주에 온 뒤로는 로션도 잘 바르지 않게 되어 옷, 수건, 슬리퍼 등 나의 개인적인 짐은 운동 가방 하나로 충분했다. 짐을 다 싸고 우리는 울월스에 가 감자 칩 몇 봉지, 500밀리리터짜리 물 스물네 병 한 꾸러미, 프로틴 바와 프로틴 밀크, 그리고 가장 중요한 땅콩을 샀다. 누나가 있을 때부터 가끔 요긴하게 썼던 2인용 텐트와 야외용 낚시 의자도 하나 챙겼다. 우리는 주로 텐트를 치거나 차에서 잘 계획이었기 때문에 숙소도 따로 예약하지 않았다. 우리의 계획은 시드니를 떠나 님빈, 바이런 베이, 골드코스트를 지나 브리즈번에 가는 것이었다. 이것 말고는 정말로 아무런 계획이 없었다.

모든 것이 문제없이 순조롭게 흘러가는 듯했으나, 여행에 앞서 정말 큰 문제가 하나 있었다.

아미르의 시트로엥 C3.

처음에는 차가 있다는 사실만으로도 아미르가 부러웠는데, 지금 다시 보면 대충 봐도 굴러가는 게 신기할 정도다.

우선, 이 차는 오디오가 있어야 할 자리가 텅 비어 있고 그사이로는 전선들이 뒤엉켜 삐져나와 있다. 아미르는 그 자리에 커다란 블루투스 스피커가 있으면 좋겠다는 생각에 카세트 오디오를 다 뜯어 버렸다고 한다. 출발하기 전, 우리는 그 자리에 아미르의 파란색 블루투스 스피커를 쑤셔 넣었다. 이건 사실 외관상의 문제일 뿐이기 때문에 딱히 걱정할 필요는 없다.

지금부터가 진짜 심각한 문제다.

두 번째 문제는 배터리. 이 자동차의 배터리는 한 달 전, 아미르가 직접 갈아 끼웠다. 그 이후로 접촉 불량인지 시동이 잘 걸리지 않는다. 시동을 걸려면 한 사람이 차에서 내려 보닛을 열고 배터리를 흔들어 줘야 했다. 처음 출발할 때 멈춰 선 상태에서는 문제가 없지만, 이 자동차는 수동 기어이기 때문에 혹여나 도로 위에서 클러치 조작 미숙으로 시동이 꺼지면 큰 문제가 아닐 수 없다. 만약 그런 일이 발생한다면 우리 중 한 명은 차에서 내려 보닛을 열고 배터리를 흔들어야 한다.

세 번째는 타이어. 이 차의 타이어는 마치 누군가가 사포로 갈아 놓은 듯했다. 그리고 구멍이 있는 것 같지는 않은데, 원인이 뭔지 타이어의 바람이 어느 정도 간격으로 자꾸 빠진다. 아미르는 주기적으로 주유소에 들러 바람을 넣어 주면 되니 걱정하지 말라고 했다.

마지막으로는 냉각수. 이 차는 냉각수가 샌다. 운전을 하다 보면 가끔 엔진 온도계가 'H'를 향해 올라가는 것을 볼 수 있다. 그럴 때 아미르는 차에서 내려 자연스럽게 트렁크에 있는 부동액과 수돗물을 꺼내 적절히 섞어 냉각수통에 부어 주었다.

아미르와 함께 이 문제들에 대해 몇 번이고 상의했지만, 그는 걱정하지 말라며 여행을 떠나기 직전까지 아무런 조치도 취하지 않았다. 시드니에서 출발해 브리즈번을 찍고만 와도 왕복 스무 시간이 걸리는 이 여행에서 이 차가 잘 버텨 줄 수 있을지 의문이었다.

그래도 우린 일단 차에 올라탔다. 어차피 다른 대안도 없으니.

출발하고 얼마 지나지 않아 타이어 경고등이 들어왔다. 바람을 넣기 위해 주유소로 향했다.

"She'll be alright."

아무 문제없다며 큰소리치던 아미르는 내가 한마디라도 할까 눈치를 보며 말했다.

"Yeah man, real man's life."

나는 답했다.

우리의 첫 경유지는 포스터.

나도 아미르도 이곳이 어딘지는 몰랐다. 오랜 운전에 지쳐 잠시 쉬었다 가기로 했을 때, 그냥 구글 지도를 켜고 가장 가까운 바다가 있는 곳으로 향했다. 포스터는 고요하고 평화로운 느낌이 드는 작은 동네였다. 우리는 바닷가 근처 주차장에 차를 세우고 선착장 끄트머리에 걸터앉아 땅콩 한 줌 그리고 프로틴 바와 프로틴 밀크를 하나씩 챙겨 먹으며 휴식을 취했다.

다음 목적지로 향하는 길, 찌는 듯한 더위에 에어컨이 제 역할을 하지 못했다. 시원한 바람이 계속 나오는 데도 불구하고 밖에서 들어오는 뜨거운 태양 빛은 차 안의 온도를 계속해서 올렸다. 우리는 다음 목적지인 포트 맥쿼리에 도착하면 가장 먼저 아이스크림을 사 먹기로 했다.

한 시간 반 정도가 지나 포트 맥쿼리에 도착했다. 주차장 바로 옆에 배스킨라빈스가 보였다. 그러고 보니 시드니에서는 배스킨라빈스를 본 기억이 단 한 번도 없다.

"Can I please have 'My mom is an alien'?"

점원에게 내가 가장 좋아하는 '엄마는 외계인'을 달라고 말했다.

"My mom is an alien?"

아이스크림을 퍼주는 소녀는 고개를 갸우뚱하며 나를 바라보았다.

'엄마는 외계인'을 찾아 이름표를 보았다.

'Puss in boots'

장화 신은 고양이?

어리둥절한 소녀에게 "한국에선 이 아이스크림을 엄마는 외계인이라고 불러."라고 하니, 주변에 있던 모두가 웃음을 터트렸다. 아미르도 도대체 엄마는 외계인이 뭐냐고 묻는다. 왜 배스킨라빈스는 같은 아이스크림에 다른 이름을 붙인 것일까?

우리는 아이스크림을 하나씩 들고 석양을 바라보며 헤이스팅스 강변을 따라 걸었다. 강변을 따라 놓여 있는 수많은 바위에는 각양각색의 그림이 그려져 있었다. 1995년에 이곳에서 개최된 미술 공모전 이후, 이곳에 오는 사람들은 자유롭게 각자 그들만의 특별한 순간을 기념하기 위해 돌 위에 그림을 그리기 시작했다고 한다.

사랑을 기념하기 위해, 태어난 날을 기념하기 위해, 혹은 떠난 누군가를 그리워하기 위해. 서로 다른 이유로 그려진 수많은 그림은 헤이스팅스강과 함께 멋진 풍경을 만들어 냈다. 그렇게 한참을 걷다 보니 어느새 밤이 찾아왔다. 오늘 밤, 우리는 이곳에 머물기로 했다. 공중화장실에 가서 대충 세수와 양치를 한 후, 주차장 내에서 최대한 가로등 빛이 많이 들지 않는 장소를 찾아 차를 옮겨 세웠다. 주차장에 텐트를 칠 수는 없기 때문에 어떻게 하면 이 작은 시트로엥 C3 안에서 우리 둘이 함께 잘 수 있을지 고민했다. 여러 가지 방법을 시도한 끝에 아미르는 뒷좌석에 눕기로 하고, 나는 조수석에 앉아 대시 보드에 다리를 올리기로 했다. 아미르는 뒷좌석으로 들어가 미리 자리를 잡았다. 그리고 조수석에 앉은 나는 대시 보드에 다리를 올리고 등받이가 그의 몸에 닿을 때까지 최대한 뒤로 밀었다.

로드 트립 첫날 밤, 유난히도 밝던 가로등 빛 아래에서 잠이 들었다.

넘빈

우리는 포트 맥쿼리의 주차장을 떠나 님빈으로
향했다. 님빈은 한국 사람들에겐 익숙하지 않은 관광지이지만, 히
피들의 고향 같은 곳으로 유럽, 북미, 남미 등에서 호주에 오는 젊
은 청년들에게는 꽤 유명한 도시다. 구불구불한 산길을 거쳐 님빈
에 도착했다. 입구에서부터 이곳이 님빈이라는 것을 알 수 있었다.

이곳에 있는 사람들은 생김새도 복장도 왠지 모르게 모두 이곳
과 완벽하게 잘 어우러져 있다. 제대로 씻지 못해 꾀죄죄한 얼굴,
푹 눌러쓴 모자, 그리고 어젯밤 내린 비 때문에 진흙이 잔뜩 붙어
서 굳은 우리의 신발. 도시를 떠난 지 이틀 만에 우리도 이미 님빈
에 어울리는 사람들이 되어 있었다. 님빈 거리를 중심으로 길게
늘어져 있는 상점들에는 목걸이, 팔찌, 반지, 모자, 옷 등 각양각색
의 특이한 것이 많이 있었다. 무언가에 홀린 듯 나와 아미르도 이
곳에 어울리는 티셔츠와 햄프로 만든 모자, 동물 뼈를 조각해 만
든 목걸이 등을 샀다.

옷을 갈아입고, 모자를 쓰고, 목걸이를 찬 우리는 금세 이곳에
원래 살던 사람처럼 변신했다. 꼬질꼬질한 얼굴에, 새로 샀지만 전
혀 새것 같지 않은 옷을 입고 우리는 완벽한 '님비니언'이 되었다.

바이런
베이

"Hey man, you gotta come to this place!"

우리보다 5일 정도 먼저 시드니를 떠난 티아고와 알렉스는 그들의 최종 목적지인 골드코스트를 향해 올라가는 도중, 바이런 베이에 들러 원래의 계획보다 훨씬 더 오래 그곳에 머물렀다. 그들과 영상 통화를 할 때마다, 휴대 전화 화면을 통해 그들 얼굴 뒤로 보이는 바이런 베이의 아름다운 바다와 특유의 분위기는 나와 아미르를 자연스레 이곳으로 끌어당겼다.

시드니를 떠난 지 3일 째 되는 날, 우리는 드디어 바이런 베이에 도착했다. 여기까지 오는 동안 땅콩과 프로틴 밀크 그리고 감자 칩 몇 봉지를 제외하고는 제대로 된 음식을 먹지 못했다. 이곳에 도착한 즉시 우리는 곧바로 케밥집으로 향했다. 우리는 금세 케밥을 하나씩 해치우고 먹을거리를 더 찾기 위해 울월스로 갔다. 무얼 먹을지 한참을 고민한 끝에 8불짜리 구운 치킨 한 마리와 계란 샐러드 하나를 샀다. 완벽한 홈리스가 따로 없다. 주차장 한쪽 구석에 자리를 잡고 앉아 닭다리를 하나씩 뜯고 있는 서로의 모습에 웃음이 났다.

그렇게 배를 가득 채우자마자 우리는 짐으로 향했다. 운동도 운동이지만 일단 제대로 씻고 싶은 마음이 더 컸다.

"Do you have a free trial?"

　나와 아미르는 마치 지금 막 바이런 베이에 이사를 온 사람들인
양 직원에게 자연스럽게 프리 트라이얼이 있는지 물었다. 카운터에
있던 직원은 우리에게 간단한 개인 정보를 묻고, 설문지가 있는 양
식을 주었고 우리는 너무나도 익숙한 그 양식을 빠르게 작성했다.
짐에 들어서자 아미르는 마치 물 만난 고기처럼 신이 났다. 그는
오늘도 원판 50킬로그램을 허리에 매고 턱걸이를 하고 140킬로그
램의 벤치 프레스를 했다. 우리는 한 시간 정도의 짧고 굵은 운동
을 마치고 샤워실로 향했다. 이 얼마나 기다리던 순간이던가. 콸
콸 쏟아지는 물줄기를 보는 것 만으로 행복이 밀려왔다.

　짐에서 나온 우리는 메인 비치를 향해 달렸다. 끝없이 다가오는
파도를 타며 아름다운 석양 아래, 해가 완전히 저물 때까지 그곳
에 머물렀다.

　물놀이를 마치고 나와 거리를 걸었다. 한참을 걸으며 이곳저곳을 기웃거리다가 옷이 대충 다 마를 때쯤 가방에서 남방을 하나 꺼내 입고 음악이 흘러나오는 근사한 레스토랑에 들어가 피자와 파스타 그리고 맥주 한 잔을 주문했다. 아미르는 술에 취해야 하는 목적이 분명한 때를 제외하고는 술을 입에 단 한 방울도 대지 않는다. 그가 술을 마시는 순간은 클럽에 가기 직전 혹은 파티에 갔을 때뿐이었다. 혼자만 마셔야 한다는 사실이 외롭기도 했지만, 아무 걱정없이 취하고 싶은 만큼 취해도 된다는 사실은 나쁘지 않았다. 나는 이번 여행 내내 맘껏 취할 계획이다. 피자, 파스타와 함께 혼자 파인트 네 잔을 마신 후에야 다시 거리로 나섰다. 거리의 분위기가 참 좋았다. 음악 소리를 따라 해변 앞에 있는 아펙스 공원으로 가서 잔디 밭에 누워 버스커의 노랫소리와 함께 하늘을 바라보았다.

아름다운 달빛 아래, 그렇게 바이런 베이의 밤이 깊었다.

다음 날 아침.

뜨거운 햇살에 눈을 떴다. 정말 사우나가 따로 없다. 나도 모르게 잠결에 차 문을 열었나 보다. 조수석 문은 활짝 열려 있었고, 내 두 다리는 차 밖으로 나가 반쯤 걸쳐져 있었다. 밖으로 나가 기지개를 켜고 주위를 둘러보았다. 아무도 없는 풀숲 중앙에 우리 차 한 대만 덩그러니 주차되어 있었다.

어젯밤, 바이런 베이에서는 차에서 자는 행위에 대해 벌금을 문다는 사실을 알고 있던 우리는 새벽 한 시쯤 차를 세우고 잠잘 수 있는 마땅한 장소를 찾기 위해 차에 올라탔다. 차에 올라타자마자 나는 그대로 완전히 곯아떨어졌고, 그 이후로는 아무 기억이 없다. 차가 들어오는 입구에 'Rest Area'라는 표지판이 보였다. 도시를 벗어나 깜깜한 도로 위를 달리던 아미르는 적당한 장소를 찾아 헤매던 중, 마땅한 장소가 없어 이곳에 들어와 자리를 잡았다고 했다. 정신을 차린 우리는 다시 바이런 베이로 돌아가자마자 가장 먼저 짐으로 향했다. 운동을 하고 샤워를 한 후, 오늘은 어느 여행자들처럼 꽤 말끔한 모습을 하고 거리를 걸었다. 밝고 뜨거운 태양 아래 바이런 베이는 어제 시원한 달빛 아래의 그곳과는 달랐다. 수영을 하고, 해변에 누워 바다를 바라보다가 다시 수영을 하고, 그렇게 바이런 베이에서의 하루가 또 흘러갔다.

　저녁 늦은 시간, 차에 올라탄 우리는 당연하다는 듯 어제 갔던 도로 쉼터로 들어가 같은 장소에 주차를 하고 잠이 들었다.

　그리고, 다음 날 아침.

　역시나 나의 몸은 차 밖으로 반쯤 빠져나와 있었다.

　시드니 어쨌든 해피 엔딩

워터 폴

아침 여섯 시. 눈부신 햇살에 눈을 뜨자마자 차 문을 열고 밖으로 나왔다. 차에서 자면 온몸이 저리고 쑤시지만 게으름을 피울 수 없다는 장점이 있다. 계획에는 없었지만 우리는 오늘 폭포에 가기로 했다. 구글 지도를 통해 브리즈번으로 올라가는 길에 있는 폭포를 검색했다. 운이 좋게도 한 시간도 채 걸리지 않는 곳에 폭포가 있는 국립 공원이 있었다. 한 시간 뒤 도착, 두 시간 정도의 트레킹, 세 시간 동안의 수영, 그리고 골드코스트를 향해 출발. 우리의 계획은 완벽하다.

출발 후, 정확히 40분쯤 뒤에 국립 공원에 진입했다. 하지만 GPS는 멈추지 않고 계속해서 우리를 산 위로 안내했다. 도로는 이미 비포장으로 바뀌었고, 차는 부서질 듯 요란한 소리를 내기 시작했다.

"Is everything alright?"

마치 사포로 갈아 놓은 듯한 이 차의 타이어 생각이 났다.

"Real man's life."

아미르가 답했다.

내가 이러고 다니는 것을 알면 엄마가 가만두지 않을 게 분명하다.

부서질 듯 흔들리는 차 속에서 오직 폭포만을 생각하며 우리는 용감하게 계속해서 앞으로 나아갔다. 한참 동안 산길을 따라 오른

그 길의 끝에는 더 이상 차가 진입할 수 없도록 바리케이드가 쳐져 있었고, 그 앞에는 언제부터 이곳에 있던 것인지 전혀 알 수 없는 흙먼지로 뒤덮인 도요타 SUV 한 대가 주차되어 있었다. 차 안에 있는 이불과 여행에 필요한 물품들로 보아 이들도 우리와 같은 여행자들인 듯 했다. 수영복 바지로 갈아입고 배낭에 물과 땅콩 그리고 물안경, 비치 타월을 챙겨 넣고는 폭포를 향해 걷기 시작했다. 폭포에서 수영할 생각에 나와 아미르는 모두 신이 났다. 비가 한두 방울씩 떨어지기 시작했으나, 개의치 않았다. 아미르는 혹시 야생 동물이 나올 것에 대비해야 한다며 커다란 나뭇가지를 집어 들었다. 그리고 우리는 무작정 물소리를 따라 걸었다.

두 시간 후.

예전의 악몽이 떠올랐다.

한 달 전, 아미르, 댄, 앤쏘니, 그리고 영국에서 잠깐 시드니에 휴가를 온 앤쏘니의 여자친구 메디와 함께 로얄 국립 공원에 갔던 적이 있다. 거실에 모여 앉아 아담 샌들러와 제니퍼 애니스톤 주연의 〈Just go with it〉이라는 영화에 나온 하와이의 한 폭포를 본 우리는 다음 날 아침, 무작정 폭포를 찾아 국립 공원으로 향했다. 애쉬필드에서 한 시간 정도 떨어진 로얄 국립 공원에 도착해 한참을 걷던 우리는 산속에서 길을 잃었다. 사람의 흔적이라고는 찾아볼 수 없는 숲 속에서 모두의 휴대 전화는 먹통이 되어 지도를 볼 수도, 전화를 할 수도 없게 되었다. 우리는 마치 조난 당한 사람들처

럼 몇 시간 동안이나 산속을 헤맸다. 그러던 중, 저 멀리 어딘가에
서 들려오는 자동차 소리를 따라 무작정 걸었고, 그렇게 한참 동
안 숲속을 헤쳐 다닌 끝에야 다행스럽게도 산 자락에 있는 차도
위로 기어올라 올 수 있었다. 히치하이킹을 시도했지만, 계속되는
실패에 아미르가 주차장까지 뛰어가 차를 가지고 오기로 했다. 한
시간 반 정도가 지나 아미르는 땀에 흠뻑 젖은 채로 레디와 함께
다시 이곳에 나타나 길가에 뻗어 있는 우리 모두를 구해 주었다.

　그리고 한 달 후, 우리는 또다시 폭포를 보겠다는 일념 하나로
두 시간째 걷고 있다. 한참을 걸었지만, 우리의 눈앞엔 무성한 나
무들을 제외하고는 아무것도 보이지 않았다. 우리는 목적지가 어
디에 있는지도 모른 채 앞을 향해 무작정 계속 걸었다. 지금까지
걸어오면서 단 한 사람도 마주치지 못했다는 사실이 우리를 불안
하게 만들었다. 그렇게 또 한 시간을 더 걸었다. 빗줄기는 점점 더

두꺼워졌고 시간은 이미 두시가 훌쩍 넘었다. 결국 폭포에 가는 것을 포기하기로 했다. 한껏 들떠 있던 우리는 이미 온데간데없었다. 지칠 대로 지쳐 산속을 헤맨지 거의 여섯 시간 만에 다시 차로 돌아왔다.

비에 젖어 물에 빠진 생쥐 꼴을 한 우리 둘.

"그래도 수영복 바지 입고 가길 잘했지?"

옷을 갈아입고 비에 흠뻑 젖은 수영복 바지의 물기를 짜내고 있는 아미르에게 말했다.

우리의 무계획과 멍청함에 웃음이 터졌다. 로드 트립을 떠나기 전 완벽한 방랑자가 되어 바람처럼, 물처럼 그렇게 여행 해야겠다고 다짐했는데, 역시나 간절히 바라면 이루어지나 보다. 완벽한 방랑자가 따로 없었다.

여행도 우리의 삶처럼 모든 것이 계획대로 척척 흘러가지 않는다는 사실을 알게 된 후부터 세세한 계획 세우기를 중단했다. 예상치 못한 어려움과 당황스러운 일이 닥치게 되더라도 모든 것이 여행의 일부분이라는 사실을 받아들일 수 있는 마음만 있으면 된다고 믿었다.

하지만 분명 부작용도 있다.

브리즈번 & 골드코스트

밤 열한 시, 브리즈번 다운타운.

상점은 대부분 문이 닫혀 있었다. 어두운 밤거리에는 약에 취한 노숙자들과 술에 취한 몇몇 무리를 제외하고는 우리 둘밖에 없었다. 사람이 없는 한산한 거리에서 아미르는 점프를 해 높은 곳에 오르기도 하고, 다시 높은 곳에서 뛰어내리기도 하며 파쿠르 동작들을 연습했다. 우리는 짧은 산책을 마치고 에어비앤비 숙소로 돌아왔다.

다음 날 아침, 눈을 뜨자마자 다시 다운타운으로 향했다. 어젯밤과는 다르게 다운타운 거리 위엔 꽤 많은 사람이 있었다. 타임머신을 타고 원시 시대로 갔다가 다시 문명으로 돌아온 느낌이다. 세상엔 땅콩과 프로틴만 있는 것이 아니었다. 맛있는 음식들이 너무나도 많다. 케밥, 피자, 아이스크림 등 그동안 먹고 싶었던 모든 것을 다 먹었다. 이탈리안답지 않게 블랙커피와 레드 와인을 혐오하는 아미르는 오늘도 역시나 카페에서 아이스 롱블랙을 주문하는 나를 보며 인상을 찌푸렸다. 한 손에 커피를 들고 빅토리아 브릿지를 건너 브리즈번강 변을 따라 사우스 뱅크를 향해 걸었다. 강변을 따라 쭉 이어지는 사우스 뱅크에는 뜬금없이 한글과 영어가 쓰인, 대전광역시와 브리즈번시 자매결연 10주년 친선비가 있었다.

한참을 걸어 우리는 브리즈번의 자랑, 사우스 뱅크 파크랜드에 도착했다. 도시 중앙에 떡하니 자리 잡고 있는 이 근사한 해변에서 강 건너 높게 솟은 빌딩 숲을 바라보며 한동안 수영을 했다. 아무 생각 없이 물 위를 둥둥 떠다니는 이 일이 지금쯤이면 지겨울 법도 한데, 전혀 지겹지 않았다.

해가 지고 나서야 우리는 브리즈번을 빠져나와 티아고와 알렉스가 있는 골드코스트로 향했다. 언덕길을 따라 쭉 올라가다 보니 수많은 주택 중 한 곳에 주차되어 있는 티아고의 검은색 마쯔다 트리뷰트가 보였다. 감격의 순간이 따로 없었다. 거의 2주 만에 다시 그들을 만났다. 하지만 그들은 평소와 다르게 굉장히 조용했다. 티아고의 말에 따르면, 집주인 아저씨는 키가 190센티가 넘고

시드니 어쨌든 해피 엔딩

몸은 헐크 같이 크며, 짜증스러운 말투를 가지고 있는 사람이란 다. 티아고의 지시대로 아저씨의 심기를 건드리지 않기 위해 우리 는 최대한 조심스럽게 소리를 내지 않으며 주방과 거실을 지나 방 으로 들어왔다. 우리는 침대에 누워 맥주를 하나씩 들고 서로의 여행에 대한 이야기를 나누었다.

포트 맥퀘리의 알록달록한 바위들, 님빈의 히피스러움, 바이런 베 이의 크림소다색 바다. 티아고와 알렉스는 그중에서도 우리가 폭포 를 찾아 헤매며 여섯 시간을 걸었다는 이야기를 가장 좋아했다.

그들은 이미 시드니를 완전히 떠나 이곳에 정착하기로 마음먹었다고 했다. 매주 주말이면 서핑 보드를 들고 본다이나 쿠지 등으로 향하던 그들에게 골드코스트에서의 삶은 천국이나 다름없는 것 같았다.

다음 날 아침, 티아고와 알렉스는 먼저 밖으로 나가 집주인 아저씨가 마당에서 운동을 하고 있다는 사실을 확인하고는 방에 있던 나와 아미르에게 나오라며 손짓했다.

우리는 뒷문을 통해 밖으로 나가 집을 반 바퀴 돌아 마치 지금 막 이곳에 도착한 사람들처럼 다시 입구를 통해 들어왔다.

"Hey, what's up?"

최대한 방금 만난 것처럼 반갑게 인사를 나누려 했으나 어색하기 그지없다. 어젯밤, 티아고와 알렉스가 왜 그리 두려움에 떨었는지 알겠다. 집주인 아저씨는 티아고에게 들은 모습 그대로 190센티미터는 되어 보이는 키에 머슬 잡지에나 나올 것 같은 몸을 가졌다. 하지만 우리의 걱정과는 달리 아저씨는 우리의 존재 자체에 아무런 관심이 없는 듯했다. 괴상한 기합을 넣으며 양쪽에 커다란 시멘트 덩어리가 달려 있는 역기로 이두근 운동을 하고 있던 아저씨는 이쪽을 한번 쓱 보고는 인사도 건네지 않은 채 운동에만 집중했다.

나와 아미르는 자연스럽게 집으로 들어가 샤워를 마치고 티아고의 검은색 마쯔다 트리뷰트 위에 올라탔다. 티아고는 너희가 그토록 보고 싶어 했던 폭포를 보여 주겠다며 레밍턴 국립 공원으로 차를 몰았다. 티아고는 골드코스트에 도착한 지 2주 만에 벌써 이곳의 지리를 다 꿰뚫고 있는 듯 GPS도 켜지 않은 채 구불구불한 길을 따라 계속 산으로 올라갔다. 폭포로 향하는 길 산 중턱에 있는 알파카 농장에 들렀다. 태어나서 처음 보는 알파카는 양도 아니고 낙타도 아닌 것이 귀엽게 생겼다. 나와 아미르는 티아고가 사진 찍을 때마다 하는 특유의 입 모양이 알파카와 닮았다고 말하며 그를 놀렸다. 게으른 알파카들은 우리가 아무리 관심을 끌려고 노력해도 별 관심을 주지 않더니, 어디선가 티아고가 들고 온 건초를 보자마자 재빠르게 반응했다. 알파카 농장을 지나 굽이굽이 계속되는 길을 따라 산꼭대기를 향해 올라갔다. 그리고 약간의 트레킹 후 우리는 드디어 목적지에 도착했다.

폭포가 시작되는 지점에 서서 멋지게 떨어지는 물줄기를 바라보
았다. 그토록 보고 싶어 하던 폭포가 내 눈앞에 있었다.

내 생에 이렇게 큰 폭포는 태어나서 처음 본다.

창밖을 통해 들어오는 눈 부신 태양 빛에 잠에서 깨면 차 문을 열고 곧바로 바다를 향해 달렸다. 저녁 때, 펍이나 클럽에 갈 때를 제외하고는 해변 앞에 있는 샤워장에서 대충 씻고 골드코스트의 해변들을 떠돌며 종일 먹고 수영하고 마시고 자기를 반복했다. 매일 밤 해가 지고 나면 티아고의 차를 가지고 하룻밤을 보낼 적당한 자리를 찾았다. 티아고의 커다란 SUV 덕분에 골드코스트에서 우리의 숙소는 조금 더 넓어져 더 이상 작은 시트로엥 C3 안에서 구겨져 잘 필요가 없었다. 흘러가는 대로 우리의 몸을 맡기는 것을 제외하고는 아무 생각, 걱정, 고민도 하지 않은 채 우리는 완벽한 자연인이 되어 우리의 삶에 다시는 돌아오지 않을 이 순간을 즐겼다.

굿바이,
오스트레일리아

어느새 시간이 흘러 마지막 날이 찾아왔다. 절대로 끝나지 않을 것 같던 이 시간을 뒤로하고 떠나야 한다는 사실이 실감 나지 않는다. 아빠, 엄마, 누나와 함께 식탁에 앉아 엄마가 해 준 따뜻한 밥을 먹고, 주말이면 친구들과 함께 술집에 앉아 이야기를 나누었던 일상의 모습들이 나에겐 너무 먼 일 같이 느껴졌다. 이제 나는 곧 브리즈번 공항에서 시드니로 향하는 비행기에 오른다. 그리고 한 시간 반 뒤면 시드니에 도착해 애쉬필드에서 하룻밤을 보내고, 내일모레면 인천 공항에서 대전으로 향하는 공항버스에 오를 것이다. 그럼에도 불구하고 이곳을 완전히 떠나게 될 것이라는 사실이 조금도 믿기지 않았다.

아미르는 나에게 공항으로 가기 전 가장 하고 싶은 것이 무엇인지 물었다. 나는 당연히 '바다를 보는 것'이라고 답했고, 그는 내 말을 듣자마자 예상하고 있었다며 큰 소리로 웃었다. 공항으로 향하는 길, 우리는 구글 지도를 켜고 공항에서 가장 가까운 아무 해변 위에 핀을 올려놓았다. 길을 잘못 들었는지 해변은 보이지 않았다. 비행기 시간이 얼마 남지 않아 그냥 이곳에 머물기로 했다. 마지막 이별을 앞에 두고 우리는 우리답게도 강 옆에 있던 나무의 두꺼운 가지에 매달려 턱걸이를 했다.

행복했던 순간이 끝나 간다는 것을 슬퍼할 필요는 없다. 단지 그것이 나의 삶에 일어났다는 사실에 행복하면 된다.

어린 시절 책상 유리 아래 끼워진 오페라 하우스 사진을 바라볼 때마다 그곳에 있는 나의 모습을 상상했다. 시간이 흘러 나는 어른이 되었고, 어느 순간 눈앞에 놓인 길 위에서 아무 생각 없이 남들을 따라 바삐 걸어가는 나 자신을 발견했다. 모두가 함께 걸어가는 그 길 위에서 벗어나거나 뒤처진다는 것은 내가 미쳤거나 나약한 것을 의미했다. 사람들과 발을 맞추어 걷다 보니 그 사진을 보는 시간은 자연스레 줄어들었고, 그 길 위에서 벗어나는 것은 점점 더 어려운 일이 되었다. 처음으로 더 늦기 전에 호주에 가고 싶다는 말을 꺼냈을 때, 나를 둘러싼 모두는 이미 늦었다고 말했다. 하지만 사실 생각해 보면 늦은 것은 없었다. '늦었다', '빠르다'라는 것은 단지 모두가 그렇게 믿어야만 할 것처럼 사회가 만들어 놓은 기준일 뿐이었다. 쉬운 결정은 아니었지만 결국 나는 그 길에서 벗어났다. 애초부터 이 여행에 어떤 거창한 이유와 목표가 있었던 것은 아니다. 그냥 그곳에 가고 싶었다. 앞으로 나의 기나긴 삶 속에 그곳에서의 삶이 단지 나의 일부가 되었으면 좋겠다고 생각했다. 그리고 나는 시드니에 왔다. 이곳에 오지 않았다면 평생 내 상상 속에만 존재했을 일들은 그렇게 그 모습 그대로 나의 삶에 현실로 다가왔다.

뜨거운 햇살 아래, 시원하게 불어오는 바람과 함께 맥주 한 병을 손에 들고 푸른 바다를 바라보는 나.

호주에서 가장 행복했던 순간을 묻는다면 수많은 기억 중 나는 망설임 없이 그때를 떠올릴 것이다.

모든 날, 모든 순간, 완벽하지는 않았지만 아무런 아쉬움이 없다. 다시 현실로 돌아갈 약간의 두려움과 설렘만 있을 뿐.

굿바이, 오스트레일리아

골드코스트에 도착하고 얼마 후, 앞뒤로 차가 꽉 찬 오르막길 위에서 빨간 신호등 아래 차를 멈춰 세웠다. 다시 파란불이 되었고 출발하기 위해 아무 생각 없이 클러치를 떼는 순간, 시동이 꺼져버렸다. 나는 드디어 올 것이 왔다는 듯 운전석에 앉아 아미르를 향해 미소 지으며 보닛 레버를 당겼고, 아미르는 한숨을 쉬며 밖으로 나갔다. 그가 보닛을 열고 배터리를 흔드는 동시에 나는 계속해서 키를 돌렸고, 몇 번의 시도 끝에 시동이 걸렸다. 우리 옆을 지나가던 사람들은 시동이 다시 걸린 우리 차를 보더니 창문을 내리고 환호성을 질렀다. 아마 우리가 차에 대해 잘 아는 기술자들이어서 엄청난 문제를 뚝딱 해결한 줄 아는 모양이었다. 다행스럽게도 마치 꺼지기 직전의 촛불처럼 불안정했던 아미르의 시트로엥 C3는 내가 브리즈번을 떠나는 그날까지 딱 한 번을 제외하고는 아무런 문제도 일으키지 않았다.

아미르는 내가 떠난 후에도 그 차와 함께 열흘이나 이곳저곳을 헤매다가 시드니에 돌아갔다. 그리고 시드니에 돌아간 지 정확히 일주일 후, 쿠지 비치 앞 도로에서 완전히 멈춰 버린 그 차를 떠나보냈다고 했다.

Special
thanks to
아미르

애쉬필드로 이사 온 첫날 밤.

짐 정리를 대충 마친 뒤 일주일 치 렌트비를 들고 당당하게 아미르의 방으로 향했다.

똑똑.

아미르는 일주일 치 렌트비 265불을 건네는 나에게 디파짓, 본드비 등 호주에서 방을 렌트할 때 필요한 몇몇 규칙에 대해 설명해주었다. 호주에서는 방을 구할 때 보증금 같은 것이 있는데, 이 보증금은 보통 2주 치의 렌트비라고 한다. 집을 구하든 방을 구하든 보증금 같은 개념은 사실 어디에서나 통용될 당연한 상식임에도 불구하고 누나와 나는 바보처럼 이런 기본적인 사실조차 간과하고 있었다. 누나와 내가 살게 될 이 방은 주에 265불, 2주 치 렌트비인 보증금을 합치면 우리가 이 집에 살기 위해 처음으로 내야 하는 돈은 795불이었다. 795불. 우리가 지금 가진 돈이 1,200불 정도니까 누나와 내가 가지고 있는 돈 중 795불을 아미르에게 주면 우리에겐 400불 정도가 남았다. 새벽 청소는 한 달 뒤에 페이를 준다고 하고, 아직 제대로 된 일자리도 없는 상태에서 우리가 400불로 얼마나 버틸 수 있을지는 의문이었다. 그에게 우리의 상황을 설명하며 일자리를 구하고 첫 주급을 받고 나서 디파짓을 줘도 되는지 물었다.

"I trust you man."

나의 물음에 그는 별다른 고민 없이 디파짓을 주지 않아도 좋다고 말했다.

단, '다른 룸메이트들에게는 말하지 말 것.'이라는 조건으로.

이사해서 들어간 첫날, 그는 정확히 두 번째로 만난 누나와 나의 뭘 믿고 그런 말을 했을까. 누나와 나는 아미르가 아니었다면 48 프레더릭 스트리트에 살지 못했을 수도 있다. 만약 그랬다면 호주에서의 나의 삶은 지금과 완전히 달라졌을지도 모른다.

시드니에 도착하고 한 달쯤 지난 어느 날부터 누나가 평소 같지 않았다. 항상 웃음 많고 활발했던 누나인데, 웬일인지 지금까지 봐 왔던 누나의 모습과는 180도 달랐다. 어느 순간부터 일을 마치고 집에 돌아오면 곧바로 방에 들어가 바깥으로 거의 나오지 않았고 말수도 점점 줄어들었다. 한국에 있을 때와는 다르게 하고 싶은 말도 못 하고, 답답함이 계속 쌓이다 보니 우울함이 찾아왔던 것 같다. 한국에 있을 때는 내가 외국인 친구들과 집에 올 때면 말이 잘 통하지 않더라도 자신 있게 의사 표현을 하던 누나였기 때문에 이런 문제가 있을 거라고 생각하지 못했다. 갑자기 변해 버린 누나를 보면서 나도 고민이 깊어졌다.

"Do you have any problem?"

어느 날 밤, 테라스에 앉아 고민에 싸여 홀로 맥주를 마시고 있던 나에게 아미르가 다가와 물었다.

그에게 호주에 도착한 후로 갑자기 변해 버린 누나의 모습이 걱정이라고 말하며 나의 고민을 털어놓았다.

"No worries man, I got this haha."

다음 날부터 아미르는 누나를 종일 따라다녔다. 처음엔 갑작스러운 아미르의 모습에 누나는 당황하고 귀찮아하기도 했다. 하지만 얼마 후, 누나는 아미르와의 대화를 시작으로 한국에 있을 때와 같은 자신감을 되찾았다. 이것을 시작으로 원래의 모습으로 돌아온 누나가 함께 살고 있는 친구들과 가까워지는 것은 시간문제였다.

Cheers mate.

시드니 어쨌든 해피 엔딩

HAPPY

어쨌든 해피 엔딩

밤 열 시, 골드코스트의 조용한 어느 해변 앞.

창문을 열고 자동차 대시 보드에 다리를 올린 채 창밖을 바라보고 있었다. 까만 하늘에 수많은 별이 밝게 빛났다. 밤하늘에 밝게 빛나는 별들 아래 시원한 파도 소리를 들려주고 싶은 마음에 엄마에게 영상 통화를 걸었다.

"아들, 아빠가 다시 젊은 시절로 돌아갈 수 있다면, 인생의 가장 푸른 그 시기에 아들처럼 그런 여행을 하고 싶대."

엄마가 말했다.

이 긴 여행을 끝내고 앞으로 마주할 현실에 대한 불안감은 아빠의 이 말 한마디로 녹아내렸다. 나는 어렸고, 즐거웠고, 열정적이었으며, 용감했다. 이때의 나는 내 기억 속에 평생 그렇게 아름다운 모습으로 기억될 것이다. 처음 킹스포드 스미스에 두 발을 내디뎠을 때의 내 바람대로, 호주에서의 이 시간은 앞으로의 내 삶에서 언제라도 계속해서 꺼내 먹을 수 있는 달콤한 초콜릿이 되었다.

내가 걷고 있는 이 길에 자신감이 넘친다.

시드니 어쨌든 해피 엔딩